KB131470

인간 문제 1

한국문학산책 22 장편 소설
인간 문제 1

지은이 **강경애**
엮은이 **김성해**
펴낸이 **안용백**
펴낸곳 **(주)넥서스**

초판 1쇄 인쇄 2013년 4월 25일
초판 1쇄 발행 2013년 4월 30일

출판신고 1992년 4월 3일 제311-2002-2호
121-840 서울시 마포구 서교동 394-2
Tel (02)330-5500 Fax (02)330-5555

ISBN 978-89-6790-048-9 04810

www.nexusbook.com
지식의 숲은 (주)넥서스의 인문교양 브랜드입니다.

한국문학산책 22
장편 소설

강경애

인간 문제 1

김성해 엮음 · 해설

지식의숲

1

  이 산등에 올라서면 용연 동네를 저렇게 뻔히 들여다볼 수 있다. 저기 우뚝 솟은 저 양기와집이 바로 이 앞벌 농장 주인인 정덕호 집이며, 그다음 이편으로 썩 나와서 양철집이 면역소며, 그다음으로 같은 양철집이 주재소며, 그 주위를 싸고 컴컴히 돌아앉은 것이 모두 농가들이다.

  그리고 그 아래 저 푸른 못이 원소(怨沼)라는 못인데, 이 못은 이 동네의 생명선이다. 이 못이 있길래 저 동네가 생겼으며, 저 앞벌이 개간된 것이다. 그리고 이 동네 개짐승까지라도 이 물을 먹고 살아가는 것이다.

  이 못은 언제 어떻게 생겼는지 물론 아무도 아는 사람이 없을 것이다. 그러나 이 동네 농민들은 이러한 전설을 가지고 있다. 그들은 이 전설을 유일한 자랑거리로 삼으며, 따라서 그들이 믿는 신조로 한다.

그들에게서 들으면 이러하였다.

옛날 이 원소가 생기기 전에, 이 터에는 장자 첨지가 수없는 종들과 전지(田地)와 살진 가축들을 가지고 살았다는 것이다. 그런데 그 첨지는 하도 인색하여서, 연년이 추수하는 곡식을 미처 먹지 못하고 곳간에서 푹푹 썩어 내도 근처 어려운 사람들을 구제할 생각은 고사하고, 어쩌다 걸인이 밥 한술을 구걸하여도 그것이 아까워서는 대문을 닫아걸고 끼니를 끓여 먹었다는 것이다.

그런데 마침 몇 해를 거푸 흉년이 들어서 이 동네 사람들이 모두 굶어 죽게 되었을 때 그들은 하루에도 몇 번씩 장자 첨지에게 애걸을 하였다. 그러나 첨지는 들은 체도 하지 않고 오히려 그들을 나무라고 문간에도 들이지 않았다는 것이다.

그러므로 그들은 하는 수 없이 몰래 작당을 하여 가지고 밤중에 장자 첨지네 집을 습격하여 쌀과 살진 짐승들을 끌어냈다는 것이다.

이런 일이 있은 후 며칠 만에 장자 첨지는 관가에 고소장을 들여 이 근처 농민들을 모두 잡아가게 하였다. 그래서 무수한 악형을 하고 혹은 죽이고 그나마는 멀리 쫓아 버렸다는 것이다.

아버지, 어머니 혹은 아들딸을 잃어버린 이 동네 노인이며 어린것들은 목이 터지도록 아버지, 어머니를 부르며 혹은 아들과 딸을 찾으며 장자 첨지네 마당가를 떠나지 않고 울었다는 것이다. 그래서 울고 울고 또 울어서 그 눈물이 고이고 고이어서 마침내는 장자 첨지네 고래잔등 같은 기와집이 하룻밤 새에 큰 못으로 변하였다는 것이다. 그 못이 저기 내려다보이는 저 푸른 못이다.

표면에 나타나는 이 못의 넓이는 누구나 얼핏 보아도 짐작하겠지마는, 이 못의 깊이는 이때까지 아는 사람이 한 사람도 없었다. 옛날에 어떤 사람이 이 못의 깊이를 알고자 하여 명주실 꾸리를 몇 꾸리든지 넣어도 끝이 안 났다는 그런 말은 아직까지도 남아 있다.

이 동네 농민들은 어디서 새로 이사 오는 사람들이 있으면 반드시 쫓아가서 원소의 전설부터 이야기하고 그리고 자손이 나서 말을 배우기 시작할 때부터 이 전설을 가르쳐 준다. 그래서 어린애들로부터 어른까지 이 전설을 머리에 꼭꼭 기억하고 있다. 그리고 이 원소에 대하여서 막연하나마 어떤 기대를 가지고 있는 것이다.

그러므로 이 농민들은 무슨 원통한 일이 있어도 이 원소를 보고 위안을 얻으며 무슨 괴로운 일이 있어도 이 원소를 바라보면 사라진다고 하였다.

사명일(四名日) 때면 그들은 떡이나 흰밥을 지어 이 원소 부근에 파묻으며 옷이며 신발까지도 내다 버린다. 그만큼 그들은 정성을 표하곤 하였다. 더구나 그들이 불치의 병에 걸렸을 때도 이 원소에 와서 빌면 그 병은 곧 물러간다고 그들은 말하였다.

이러한 원소를 가진 그들이건만 웬일인지 해를 거듭할수록 나날이 궁핍과 고민만이 닥쳐왔다. 그래서 근년에는 그들의 먹는 것이란 밀죽과 도토리뿐이므로 흰밥이며 떡을 해다 파묻는 일도 드물었다.

그들의 이러한 아픔과 쓰림은 저 원소라야만 해결해 줄 것 같았다. 그래서 그들은 언제나 원소를 바라보며 위안을 얻었다.

예나 지금이나 저 원소의 물은 푸르고 푸르다. 흰 옷감을 보면 물들이고 싶게 그렇게 푸르다.

억새풀이 길길이 자란 그 밑으로 봄을 만난 저 원소 물이 도랑으로 새어 흐르고 또 흐른다. 그 주위로 죽 돌아선 늙은 버드나무는 겉보기에는 다 죽은 듯하건만, 그 속에서 새 움이 파랗게 돋아난다.

어디서 왔는지 모르는 물매미 한 마리가 탐방 뛰어들어, 시원스럽게 원형을 그리며 돌아간다. 그러자 어디서인지 신발 소리가 가볍게 들려온다.

2

　신발 소리가 차츰 가까워지더니 산등으로 계집애 하나가 뛰어 올라온다. 그는 무엇에 쫓기는 모양인지 자주자주 뒤를 돌아보며 숨이 차서 달려 내려온다.

　계집애는 이 동네서 흔히 볼 수 있는 메꽃 물을 들인 저고리를 입었으며 얼굴빛은 좀 푸른 기를 띠었으나 티 없이 맑았다. 그리고 손에 든 나물 바구니가 몹시 귀찮은 모양인지 좌우 손에 번갈아 쥐다가는 머리에 이었다가 그도 시원치 않아서 이번에는 가슴에다 안으며 낯을 찡그린다. 그리고 흘금흘금 산등을 돌아본다.

　뒤미처 나무꾼애가 작대기를 휘두르며 쫓아온다.

　"이놈의 계집애, 꼼짝 말고 서라!"

　소리를 버럭 지르며 다그쳐 오는 속력은 몹시도 빨랐다. 계집애는 가슴에 안았던 바구니를 머리에 이며 죽을힘을 다하여 내려오다가, 그만 폭 거꾸러져 언덕 아래로 굴러 내렸다. 바구니는 그냥 데굴데굴 굴러 내려간다.

나무꾼애는 이것이 재미스러워 킥킥 웃으면서 계집애 곁으로 오더니 막아섰다.

"이 계집애 진작 줄 것이지, 도망질은 왜 하니. 아무러면 나한테 견딜 것 같니. 좋다! 넘어지니 맛이 어때?"

흑흑 느껴 우는 계집애는 벌떡 일어나며 바구니가 어디로 갔는가 하여 둘러보다가 저편 보리밭 머리에 있는 것을 보고야 나무꾼애를 힐끔 쳐다본다. 그리고 슬머시 돌아선다. 나무꾼애는 얼핏 뛰어가서 바구니를 들고 왔다.

"이놈의 계집애! 싱아 다 꺼내 먹는다, 봐라."

계집애가 서 있는 앞에 바구니를 갖다 놓고 그는 손을 넣어 싱아를 꺼냈다. 그리고 일변 어석어석 씹어 먹는다. 계집애는 또다시 힐끔 쳐다보더니,

"이리 다오, 이 새끼!"

앞으로 다가서며 바구니를 뺏는다. 나무꾼애는 계집애의 뾰로통한 모양이 우스워서 킥 웃었다. 그리고 계집애 눈등의 먹사마귀가 그의 눈을 끌었다.

"너 요게 뭐야?"

나무꾼애는 계집애의 눈등을 꾹 찔렀다. 계집애는 흠칫하며 나무꾼애의 손을 홱 뿌리치고,

"아프구나! 새끼두."

"계집애두 꽤 사납게는 군다. 나 하나만 더⋯⋯."

나무꾼애는 코를 홀떡 들이마시며 손을 내밀었다. 계집애는 그의 부드러운 음성에 무서움이 다소 덜려서 바구니에서 싱아를 꺼내 내쳐 주었다.

나무꾼애는 떨어진 싱아를 주워 껍질도 벗기지 않고 시시하고 침을 삼키며 먹다가 웬일인지 앞이 허전한 듯해서 바라보니, 있거니 한 계집애가 없다. 그래서 두루 찾아보니 계집애는 벌써 원소를 돌아가고 있다.

"고놈의 계집애! 혼자 가네."

나오는 줄 모르게 이런 말이 굴러 나왔다. 그는 멀리 계집애의 까뭇거리는 모양을 바라보며 그도 동네로 들어가고 싶은 맘이 부쩍 들었다.

"이애 선비야! 나하고 같이 가자."

소리를 지르며 달려 내려갔다. 그가 원소까지 왔을 때는 계집애는 보이지 않았다. 그는 아무 데나 펄썩 주저앉았다.

"고놈의 계집애, 혼자 가네. 고런 어디서⋯⋯."

이렇게 투덜거렸다.

한참 후에 무심히 내려다보니, 원소 물 위에 그의 초라한 모양이 뚜렷이 보인다. 그는 생각지 않은 웃음이 픽 하고 나왔다. 그리고 물을 들여다보며 다리팔을 놀려 보고 머리를 기웃거릴 때, 아까 뾰로통해 섰던 계집애의 눈등에 있는 먹사마귀가 얼핏 떠오른다.

"고게 뭐야?"

하며 그는 휘끈 돌아보았다. 아무도 없다.

"고놈의 계집애, 정말······."

그는 계집애가 사라진 버드나무숲 저편을 바라보며 이렇게 중얼거렸다. 따라서 물 먹고 싶은 생각이 버쩍 들었다. 그래서 그는 벌떡 일어서며 땀 밴 적삼을 벗어 풀밭에 획 집어던지고 언덕 아래로 내려갔다.

그는 넙적 엎디며 목을 길게 늘이어 물을 꿀꺽꿀꺽 마신다. 목을 통하여 넘어가는 물은 곧 달큼하였다. 한참이나 물을 마신 그는 얼핏 일어나며 가쁜 숨을 후유 하고 내쉬었다.

원소를 거쳐 불어오는 실바람은 짙은 풀내를 아득히 싣고 와서 땀에 젖은 그의 겨드랑이를 서늘하게 말려 준다. 그는 횡 맴돌이를 쳤다.

"내 지게······?"

무의식간에 그는 이렇게 중얼거리자, 그가 계집애를 따라 여기까지 온 것을 생각하고 단숨에 달음질쳐서 산등으로 올라갔다. 그리고 지게 있는 곳으로 와서 낫을 가지고 산 옆으로 돌아가며 나무를 깎기 시작하였다.

나무를 깎아 가지고 지게 곁으로 온 그는 그 지게를 의지하여 벌렁 누워 버렸다. 풀내가 강하게 끼치며 속이 후련해진다. 잠이라도 한잠 푹 자고 싶었다. 그래서 그는 눈을 감았다.

갑자기,

"첫째야!"

하고 누가 부른다.

3

잠이 사르르 오던 그는 깜짝 놀라서 벌떡 일어났다. 그래서 휘휘 돌아보니 이 서방이 나무다리를 짚고 씩씩하며 이편으로 온다.

"이 서방!"

그는 이 서방을 보니 반가움과 함께 배고픔을 깨달았다.

"너 여기 있는 것을 자꾸 찾아다녔구나."

이 서방은 나무다리를 꾹 짚고 서서 귀여운 듯이 첫째를 바라본다. 그들의 그림자가 산 아래까지 길게 달려 내려갔다. 첫째는 나뭇짐을 낑 하고 지며,

"날 찾아다녔수?"

"그래 해가 져 가는데두! 어머니께 대답질을 하면 쓰나. 후담에는 그러지 말아라."

첫째는 이 서방과 가지런히 걸으며 히이 웃었다. 강한 햇빛이 눈이 부시도록 치느껴지는데 그는 지금이 아침인지 저녁인지 분명치를 않았다.

"어머니가 밥 지어 놓고 여간 너를 기다리지 않는다."

어머니에 대한 노염을 풀어 주려고 이 서방은 말끝마다 어머니를 불렀다.

"밥 했수?"

첫째는 멈칫 서서 이 서방을 보다가 무심히 저편 들을 바라보았다. 석양빛에 앞벌은 비단결 같다.

"이 서방, 나두 올부터는 김 좀 맸으면……."

이 서방은 가슴이 뜨끔하였다. 그리고 저것이 벌써 김을 매고 싶어 하니 어쩐단 말이누 하는 걱정과 함께 지난날에 일하고 싶어 날뛰던 자기의 과거가 획 떠오른다. 그는 후 한숨을 쉬며 불타산을 멍하니 노려보았다.

"이 서방, 난 김매구, 이 서방은 점심 가지고 나헌테 오구, 그리구, 또……."

그는 말만 해도 좋은지 방긋방긋 웃는다. 이 서방은 '너 김맬 밭이 있냐?' 하고 금방 입이 벌어지려는 것을 꿀꺽 삼켜 버렸다.

따라서 가슴속에서 무엇이 울컥 맞받아 나온다.

"그러구 이 서방도 동냥하러 다니지 않고 내가 농사한 곡식을 먹구."

이 서방은 그만 우뚝 섰다. 그리고 나무다리를 힘 있게 짚었다. 그가 일생을 통하여 이러한 감격에 취하여 보기는 아마 처음일 것이다. 반면에 차디찬 이 세상을 이같이 원망하기도 역시 처음이었다. 그가 어려서부터 남의 집을 살며 별별 모욕을 받다 못해서 이 다리까지 부러졌지만, 아! 여기다 비기랴!

첫째는 홍이 나서 말을 하다가 돌아보니, 이 서방이 따르지 않는다. 그는 멈칫 섰다.

"이 서방! 왜 울어?"

첫째는 눈이 둥그레서 이편으로 다가온다. 이 서방은 눈물을 쥐어뿌린다. 그리고 나무다리를 다시 놀린다.

"어머니가 또 뭐라고 했구만. 그까짓 어머니 발길로 차든지."

눈을 실쭉하니 뜬다. 이 서방은 놀라 첫째를 바라보며, 아까 싸운 노염이 아직도 남아 있음인가? 그렇지 않으면 이 아이가 무엇 때문에 어머니에 대한 증오심이 이리도 큰가?

"이애 너 무슨 말을 그렇게 하니? 못쓴단다."

이렇게 말하는 이 서방은 이 애가 벌써 자기 어머니의 비행을 눈치챔인가? 하는 생각이 얼핏 들며, 유 서방과 영수, 그리고 요

새 같이 다니는 대장장이가 번갈아 떠오른다. 그는 말할 용기를 잃어버렸다.

그들은 밀밭머리 좁은 길로 들어섰다.

"이 서방! 오늘 돈 얼마나 벌었수?"

이 말에 이 서방은 용기를 얻어,

"이애 돈이 뭐가, 오늘은 저 앞벌 술막집 잔채하는 데 종일 가 있다가, 이제야 왔다."

"잔챗집에…… 그럼 떡 얻어 왔지, 떡 얻어 왔지?"

작대기를 구르며 이 서방을 바라본다.

"그래, 얻어 왔다."

"얼마나?"

그는 입맛을 다시며 대든다.

"조금 얻어 왔다."

"또 어머니 주었수?"

"아니 그냥 있다."

이 애가 실망할 것을 생각하고 그는 이렇게 말하면서도 눈허리에 벌레가 지나는 것 같았다.

"이 서방, 나는 떡만 먹고 산다면 좋겠더라."

그는 침을 꿀꺽 넘기었다.

"내 이담엔 많이 얻어다 줄 것이니, 이 배가 터지도록 먹으렴."

첫째는 히이 웃으면서 작대기로 돌부리를 툭툭 갈긴다. 이런 때에 그의 내리뜬 눈은 볼수록 귀여웠다.

그들이 집까지 왔을 때는 어슬어슬한 황혼이었다. 첫째 어머니는 문밖에 섰다가 그들이 오는 것을 보고,

"저놈의 새끼 범두 안 물어 가."

나오는 줄 모르고 이런 말을 하고도 가슴이 선뜩하였다. 이때까지 기다리던 끝에 악이 받쳐 이런 말을 하고도, 곧 후회가 되었던 것이다.

첫째는 나뭇짐을 벗어 놓고 일어난다.

4

첫째는 방으로 들어오며,

"나 떡."

뒤따르는 이 서방을 돌아보았다. 첫째 어머니는 냉큼 시렁 위에서 떡 담은 바가지를 내려놓았다.

"잡놈의 새끼, 배는 용히 고픈 게다. 떡떡 하더니 실컷 먹어라."

첫째는 떡 바가지를 와락 붙잡더니, 떡을 쥐어 뚝뚝 무질러 먹는다. 그들은 물끄러미 이 모양을 바라보며 저것이 얼마나 배가 고파서 저 모양일까 하고 측은한 생각까지 들었다. 첫째는 순식간에 그 떡을 다 먹고 나서,

"또 없나?"

첫째 어머니는 등에 불을 켜 놓으며,

"없다, 그만치 먹었으면 쓰겠다."

"밥이라도 더 먹지."

이 서방은 불빛에 빨개 보이는 첫째 어머니의 볼을 바라보며 이렇게 말하였다. 첫째 어머니는 등 곁에서 물러앉으며,

"애는 저 이 서방이 버려 놓는다니, 자꾸 응석을 받아 줘서……. 저 새끼가 배부른 게 어디 있는 줄 아오. 욕심 사납게 있으면 있는 대로 다 먹으려 드는데."

아까 떡 한 개 더 먹고 싶은 것을, 첫째가 오면 같이 먹으려고 두었던 것이나, 막상 첫째가 배고파 덤비는 양을 보고는, 차마 떡 그릇에 손을 넣지 못하였던 것이다. 그러나 마침내 한 개도 남기지 않고 다 먹는 것을 보니 섭섭하였다.

"이 서방, 나가자우."

첫째는 벌써 눈이 감겨 오는 모양이다. 이 서방은 첫째 어머니와 이렇게 마주 앉고 있는 것이 얼마든지 좋으나, 첫째의 말

에 못 견디어서 안 떨어지는 궁둥이를 겨우 떼었다. 그리고 나무다리를 짚고 일어나며,

"나가자."

첫째도 일어나서 이 서방의 손에 끌리어 건넌방으로 나왔다. 그리고 곧 아랫목에 쓰러져서, 몇 번 다리팔을 방바닥에 들놓더니 쿨쿨 잔다. 이 서방은 어둠 속으로 첫째를 바라보며, 아까 첫째가 빙긋빙긋 웃으며 아무 거침없이 하던 말을 다시금 되풀이하였다. 그리고 나오는 줄 모르게 한숨을 푹 쉬었다.

안방에는 벌써 누가 왔는지, 수군수군하는 소리가 그의 귀로만 들어오는 듯하였다.

"어느 놈이 또 왔누?"

한숨 끝에 이렇게 중얼거리며, 어느 놈의 음성인지를 분간하려고 귀를 가만히 기울였다.

암만 분간하려나 원체 가늘게 수군거리니 분명치를 않았다. 그저 첫째 어머니의 호호 웃는 소리가 간혹 들릴 뿐이다.

그는 잠을 이루려고 눈을 감고 있으나, 그것들의 수군거리는 소리에 잠이 홀랑 달아나고, 화만 버럭버럭 치받친다. 이놈의 집을 벗어나야지, 이걸 산담? 그는 거의 매일 밤 이렇게 성을 내면서도 번번이 이 꼴을 또 보는 것이다.

그는 벌떡 일어나서 담배를 피워 물고 창문 곁으로 다가앉았

다. 뚫어진 문 새로는 달빛이 무지개같이 쏘아 들어온다. 그는 담배를 빨아 연기를 후 뿜었다. 달빛에 어림해 보이는 구불구불 올라가는 저 연기! 그것은 흡사히 자기 가슴에 뿜어 오르는 어떤 원한 같았다.

그는 무심히 곁에 놓아 둔 나무다리를 슬슬 어루만졌다. 그는 언제나 속이 답답할 때마다 이 나무다리를 어루만지는 것이다. 아무 반응이 없는 이 나무다리! 사정없이 뻣뻣한 이 나무다리! 그나마 이 나무다리가 그의 둘도 없는 동무인 것이다.

"고놈의 계집애 정말……."

이 서방은 놀라 돌아보니, 첫째가 입맛을 쩍쩍 다시며 잠꼬대 하는 소리다. 이 서방은 첫째가 잠꼬대한 말을 다시금 되풀이하며, 저 애가 벌써 어떤 계집애를 생각해서 이런 말을 하는가? 하는 의문도 들었다. 그러나 그것은 쓸데없는 자기의 생각 같았다. 따라서 첫째를 장성하게 못 할 수만 있다면 어디까지든지 그를 어린애 그대로 두고 싶었다. 첫째의 장래도 자기가 걸어온 그 길과 조금도 다를 것 같지 않았기 때문이다.

그는 이러한 생각을 하며 첫째 곁으로 바싹 가서 가만히 들여 다보았다. 그는 여전히 씩씩 잔다. 지금 이 순간이 첫째에게 있어서는 다시없는 행복스러운 순간 같았다. 그리고 낮에 "나도 김매고 싶어." 하던 말을 다시금 생각하며 그의 볼 위에다 볼을 갖다 대었다.

첫째의 볼로부터 옮아오는 따뜻한 이 감촉! 그리고 기운 있게 내뿜는 그의 숨결, 자기의 살과 피가 섞여 있은들 이에서 더 뜨거울 수가 있으랴!

그는 무의식간에 첫째의 목을 꼭 쓸어안으며, '내 비록 병신이나마 나머지 여생은 너를 위하여 살리라.' 하고 몇 번이나 맹세하였다.

마침 짜근거리는 소리에 이 서방은 머리를 번쩍 들었다.

5

"이 개갈보 같은 년아!"

목청껏 지르는 소리에 지정이 저렁저렁 울린다. 이 서방은 문 곁으로 바싹 다가앉았다.

"아이 이 양반이 미쳤나? 왜 이래."

"요년 아가리 붙여라, 이 더러운 쌍년, 네년이 저놈뿐이 아니라 나무다리 비렁뱅이도 붙인다지, 저런 쌍년, 에이 쌍년!"

침을 탁 뱉는 소리가 난다. 이 서방은 '비렁뱅이도 붙인다지.' 하던 말이 언제까지나 귓가를 싸고돌았다. 그리고 전신이 짜르르 울리며, 손발 하나 놀릴 수가 없었다.

"아이쿠, 이 년놈들 잘한다."

짝짝 쿵 하는 소리가 자주 들렸다. 영수와 새로 다니는 대장
장이와 맞붙은 모양이다.

"흥, 하룻개 범 무서운 줄 모른다더니, 네게 두고 이른 말이구
나. 이 경칠 자식, 그래, 온전한 부녀인 줄 알았냐?"

어떻게나 하는지 죽는소리를 한다.

"이 년놈들 내 칼에 죽어 봐라."

"아이 저 칼! 저 칼!"

첫째 어머니의 이 같은 소리에 이 서방은 벌컥 일어나며 나무
다리를 짚고 뛰어나갔다. 안방 문짝이 떨어져 봉당 가운데 넘어
졌으며, 등불조차 꺼져서 캄캄하였다.

첫째 어머니는 봉당으로 달려 나왔다.

"이거 이거."

숨이 차서 헐떡이며 칼을 쑥 내민다. 이 서방은 칼을 받아 들
고 부엌으로 나가며 언다가 이 칼을 둬야 좋을지 몰라 한참이나
왔다 갔다 하다가 나뭇단 속에 감추어 놓고 안방으로 들어갔다.

"이거 왜들 이러슈. 점잖으신 터에 참으시죠들."

서로 어우러진 것을 뜯어 놓으려니,

"이 자식은 왜 또 이래. 너 깡뚱발이로구나. 너도 한몫 들어

매 좀 맞으려니?"

누구인지 발길로 탁 찬다. 이 서방은 팩 하고 나가자빠졌다. 그 바람에 나무다리는 어디로 달아났는지 암만 찾아봐도 없다. 이 서방은 온 봉당을 뻘뻘 기어 다니며 나무다리를 찾았다. 그리고 몇 해 싸 두었던 원한이 일시에 폭발됨을 깨달았다. 그러나 그는 꾹 참으며 나무다리를 얻어 짚고 밖으로 뛰어나왔다.

전 같으면 밖에 구경꾼들이 얼마든지 모였을 터이나 오늘은 밤이 오랜 까닭인지 아무도 없었다. 그는 나뭇가리 곁으로 와서 우두커니 서 있었다.

컴컴한 저 불타산 위에 뚜렷이 솟은 저 달! 저 달조차도 이 서방의 이 나무다리를 비웃느라 조롱하느라 이 밤을 새우는 것 같았다.

"이 서방!"

찾는 소리에 이 서방은 휘끈 돌아보았다. 첫째가 내달아오며 일변 오줌을 쏼쏼 내뻗친다. 이 서방은 첫째의 버릇을 아는지라 가슴이 뜨끔해지며 저놈이 또……, 하고 불안을 느꼈다. 그리고 곧 첫째 곁으로 와서 그의 꽁무니를 꾹 붙들었다.

오줌을 다 누고 난 그는 울컥 내닫는다.

"이놈들! 이놈들!"

목통이 터져라 하고 고함을 치며 내닫다가 이 서방이 붙든 것을 알자 주먹으로 몇 번 냅다 쳤다.

"놔, 이거!"

"이애 첫째야! 첫째야! 너 그럭하면 못쓴다, 응. 이애 매 맞는다, 응, 이애."

"매 맞아도 좋아, 이놈들."

이번에는 사정없이 머리로 이 서방의 가슴을 들이받으며 발길로 차 던졌다. 이 서방은 또다시 자빠졌다. 첫째는 나는 듯이 지게 곁으로 가서 낫을 뽑아 가지고 안으로 들어간다.

"이애! 이애!"

이 서방은 너무 급해서 벌벌 기어 달려 들어가며 그의 발목을 붙들었다. 이 눈치를 챈 첫째 어머니는 내달아 왔다. 그리고 대문 빗장을 뽑아 들었다.

"이놈의 새끼, 왜 자지 않고 지랄이냐."

"흥, 저놈의 새끼들은 왜 지랄이누."

어머니의 머리채를 잡아 숙친다.

안방에서는 더한층 지끈지끈 하는 소리가 벼락 치듯 난다. 이 서방은 소름이 쭉 끼쳤다. 안방의 놈들이 이리 기울어지면 어린 첫째는 어디든지 부러지고야 말 것 같았다. 따라서 옛날에 자기가 주인과 맞붙어 싸우다가 이 다리가 부러지던 기억이 새삼스럽게 떠오르며 그때 그 비운이 오늘에 또 이 어린것에게 사정없이 닥치는 듯싶었다.

 이 서방은 첫째의 발길에 채어 이리저리 굴면서도 그의 발목
은 놓지 않았다. 그때 코에서는 선혈이 선뜻선뜻 흘러나온다.

 "첫째야, 너 자꼬 그러면 다시는 떡 얻어다 안 준다."

 이 서방은 생각지 않은 이런 말이 불쑥 나왔다.

 "정말? 이 서방!"

 첫째는 숨이 가빠서 홀떡홀떡하면서 돌아선다. 이 서방은 벌
떡 일어나며 그의 목을 꼭 쓸어안았다. 그러자 이 서방의 눈에
서는 눈물이 좌르르 쏟아졌다.

6

 선비 어머니가 뒤뜰에서 이엉을 엮어 나가며, 약간씩 붙은 나
락을 죽 훑어서 옆에 놓인 바가지에 후르르 담을 때 밖으로부터
선비가 뛰어 들어온다.

 "어마이."

 숨이 차서 들어오는 선비를 이상스레 바라보면서 그의 어머
니는,

 "왜 무엇을 잘못하다가 꾸지람을 들었니?"

선비는 머리를 설레설레 흔들며 어머니 귀에다 입을 대었다.

"어머니, 저어. 큰댁 아지머님과 신천댁과 싸움이 나서 큰집 영감이 생야단을 하셨다누."

선비 어머니는 귓가가 간지러워서 조금 머리를 돌리며,

"밤낮 싸움이구나. 그래 누가 맞았니?"

"그전에는 큰댁 아지머님을 따리지 않았어? 그런데 오늘은 신천댁을 사정없이 때리데, 아이 불쌍해!"

선비는 무심히 나락 바가지에 손을 넣어 휘저어 보면서 얼굴에 슬픈 빛을 띤다.

"남의 첩질하는 년들이 매를 맞아야 하지. 그래 큰어미만 밤 낮 맞아야 옳겠니?"

딸의 새침한 얼굴을 바라보았다. 올봄부터는 선비의 두 뺨에 홍조가 약간 피어오른다.

"그래두 어마이, 신천댁 말을 들으니 그가 오고 싶어 온 게 아니라 저의 아부지가 돈을 많이 받고 팔아서 할 수 없이 왔다고 그러던데 뭐."

"하긴 그랬다고 하더라. 그러기에 돈밖에 무서운 것이 없어."

선비 어머니는 지금 매를 맞고 울고 앉아 있을 신천댁의 얼굴을 생각하며 꽃봉오리같이 피어오르는 선비의 장래가 새삼스럽게 걱정이 되었다.

"어서 가서 무얼 하려무나, 왜 그러고 앉아 있니. 오늘 빨래에 풀하지 않니?"

"해야지."

그는 어머니 말에 어려워 부스스 일어나면서 다시 한 번 나락 바가지를 들여다보았다. 그리고 빙긋이 웃었다.

"어마이, 이것도 찧으면 쌀이 한 되나 될 것 같우, 참……."

"이애 얼른 가 봐라."

"응."

선비는 나락 바가지를 놓고 밖으로 나간다. 그의 어머니는 물 끄러미 딸의 뒷모양을 바라보며 세월이란 참말 빠르구나! 하고 탄식하였다. 그리고 선비도 오래 데리고 있지 못할 것을 깨달으 며 가슴이 찌르르 울렸다.

그는 무의식간에 한숨을 푹 쉬며 손을 내밀어 이엉초를 꾹 쥐 고 물끄러미 바라보았다. 손끝은 짚에 닳아져 빨긋빨긋하게 피 가 배었다. 그때에 얼핏 떠오른 것은 자기의 남편이다.

남편의 생전에는 비록 빈한하게는 살았을망정, 이렇게 이엉 을 엮는 것이라든지 울바자를 세우는 것 같은 그런 밖의 일은 손도 대어 보지 않았다. 보다도 봄이 되면 으레 이 모든 것이 새 로 다 되는 것이니 하고 무심히 지내 보내었던 것이다.

그러나 남편이 없어지매 모두가 그의 손끝 가지 않는 것이 없고 힘은 배곱 쓰건마는 무슨 일이나 마음에 들도록 되는 일이 하나도 없었다.

집안 살림 명색치고 단 두 칸살이를 하더라도 시재(時在) 돌 멩이 하나 놓일 자리에 놓여야 하고 새끼 한 오라기 헛되이 버 릴 것이 없었다.

남편의 생전에는 뜰을 쓸어 치는 비 같은 것이나 벽을 바르는 매흙은 그리 놓은 줄을 모르고 되는 대로 쓰고 버리고 하였건마 는 지금에는 그것조차도 마음 놓고 쓸 수도 없거니와 손수 마련 치 않으면 쓸 것도 없었다.

그는 이러한 생각을 하며 이엉초는 또 누구의 손을 빌려 저 지붕에다 올려 펼까 하는 걱정이 불쑥 일어난다. 지붕 해 이을 새끼는 그가 며칠 밤을 자지 못하고 꼬아서 네 사리나 만들어 두었고, 이 이엉 엮는 것도 내일까지면 마칠 것이나 지붕 한복 판에 덮는 용구새 트는 것이라든지 이엉초를 지붕 위에 올려 펴 고 새끼로 얽어매는 것 같은 것은 남정들의 손을 빌려야 할 것 이었다.

그는 속으로 누구의 손을 좀 빌릴까 하고 두루두루 생각해 보 다가, 에라 되든지 안 되든지 내가 그만 이어 볼까 하고 흘금 지 붕을 쳐다보았다.

작년에 한 해를 건넜음인지 우묵우묵 골이 진 그 새에 풀이

이따금씩 파랗게 보인다. 그는 벌컥 일어나며,

"왜 날 두고 혼자 갔누?"

하고 중얼거렸다. 그리고 머리를 돌려 저 앞을 바라보았다. 그의 눈앞에 얌전하게 돌아앉은 작은집과 큰집! 모두가 말쑥하게 새로 이엉을 해 이었다.

그 위로 햇빛이 노랗게 덮이었다.

7

쨍쨍히 내리쬐는 봄볕을 받아 샛노랗게 빛나는 저 지붕과 지붕! 얼마나 저 지붕들이 부럽고도 탐스러운 것이냐!

그는 눈을 꾹 감았다. 그러나 그 지붕들은 점점 더 또렷또렷이 나타나 보인다. 그리고 그 지붕 새로 굵단 남편의 손끝이 스르르 떠오른다. 그리고 임종시까지 차마 눈을 감지 못하고 끼르륵 하고 숨이 넘어가던 그!

그의 남편 김민수는 위인 된 품이 몹시도 착하고 정직하였다. 그러므로 정덕호 앞으로 몇 십 년의 부림을 받았어도 일 동전 한 닢 축내지 못하는 것이 그의 특성이었다. 그리고 아무리 몸이 고달프더라도 덕호의 명령이라면 물불을 헤아리지 않고 덤

벼들곤 하였다.

그래서 온 동네 사람들까지도 민수를 믿어 왔으며 덕호 역시 믿었다. 그러므로 거액의 돈받이 같은 것은 일부러 민수에게 맡기곤 하였다.

이렇게 지내기를 근 이십 년이었던, 지금으로부터 팔 년 전 겨울이었다. 바로 선비가 일곱 살 잡히던 때였다.

그날, 아침부터 함박눈이 부슬부슬 떨어진다. 이날도 민수는 일찍 일어나서 덕호네 집으로 왔다. 그래서 안팎 뜰을 쓸고 소 여물까지 끓여 놨을 때 덕호는 나왔다.

"자네 오늘 방축골 좀 다녀오겠나?"

민수는 머리를 굽실해 보이며,

"다녀옵지유."

"좀 이리 오게."

덕호는 쇠죽간을 거쳐서 사랑으로 들어간다. 그도 뒤를 따랐다. 덕호는 아랫목에 놓아 둔 문갑을 뒤져 장부를 꺼내 놓고 한참이나 들여다보더니,

"아니 방축골 그놈이 근 오십 원이나 되네그려. 자네가 가서 꽤 받을까? 그놈은 몹시 질긴데."

민수는 머리를 숙인 채 가만히 있다. 덕호는 안타까운 듯이,

"가 보겠나, 어떻게 하겠나? 가서 받지 못할 바에는 꼴찌 아비

를 보내겠네, 응 말을 해.”

민수는 뭐라고 대답을 해야 좋을지 몰라 얼굴이 뻘게지며 머
뭇머뭇한다.

“에이그 저 사람! 왜 그렇게 사람이 영악지를 못해. 좌우간 갔
다 오게. 그러구 말이야, 이번에 안 물면 집행하겠다고 말을 똑
똑히 좀 해, 그러구 좀 단단히 채여.”

덕호는 살기가 얽힌 눈을 똑바로 뜨고 민수를 바라본다.

“가는 김에 명호와 익선이도 찾아보게.”

“네.”

“그럼 오늘 꼭 가게.”

덕호는 다시 한 번 다지고 나서 장부를 문갑 안에 넣고 일어
선다. 그리고 잔기침을 두어 번 하고 밖으로 나간다. 민수는 곧
그의 뒤를 따라 나왔다. 가마 부엌에서 여물 끓인 내가 구수하
게 났다.

민수는 여물을 푹 떠 가지고 외양간으로 가니 벌써 소는 냄새
를 맡고 부스스 일어나 구유 곁으로 나온다. 그리고 더운 김이
뭉클뭉클 오르는 여물을 맛있게 먹는다.

여물을 다 퍼 기르고는 민수는 밖으로 나왔다. 여전히 함박눈
은 소리 없이 푹푹 쏟아진다. 그는 근심스러운 듯이 하늘을 쳐
다보며,

"눈이 오는데……."

이렇게 중얼거렸다.

집까지 온 민수는 신발을 부덕부덕하였다. 선비 어머니는 의아한 눈으로 남편을 바라보았다.

"어디 가시려나요, 뭐?"

"음, 저기 돈 받으러."

"아, 뭐 오늘 같은 날에요."

"왜 오늘이 어떤가? 이렇게 함박눈 오는 날이 오히려 푸근하다네."

옆에서 말똥말똥 바라보던 선비는 얼른 일어나 아버지 품에 안기며,

"아버지 나두 가, 응."

머리를 갸웃하고 들여다본다. 민수는 딸을 꼭 껴안으며 밥상에 마주 앉았다. 그리고 밥을 좀 뜨는 체하고 곧 일어났다.

"내 가면 며칠 될 것이니 그동안 선비 잘 간수하게. 불도 뜨뜻이 때고."

"눈 오는 날 가실 게 뭐야요. 다른 사람의 몸은 몸이 아니고 쇳덩인 줄 아나 베."

선비 어머니는 주인 영감을 눈앞에 그리면서 이렇게 중얼거렸다.

"아, 그 사람······. 별소리 다 해."

민수는 눈을 크게 떴다. 선비 어머니는 얼굴이 빨개지며 선비의 손을 어루만진다. 민수는 선비의 머리를 두어 번 쓰다듬어 본 후에 문을 열고 나섰다. 눈빛에 눈허리가 시큼시큼하였다.

"안녕히 다녀오세요."

아내의 인사를 귓결에 들으며 민수는 성큼성큼 걸었다. 한참이나 수굿하고 걷던 그는 선비의 울음소리에 휘끈 돌아보니 선비가 눈 속으로 뛰어온다.

8

민수는 선비를 바라보고 무의식간에 몇 발걸음 옮겨 놓았을 때 선비 어머니는 선비를 붙들어 안으며 우두커니 섰다. 민수는 두어 번 손짓을 하여 들어가라는 뜻을 보이고 돌아섰다.

아까보다 눈은 점점 더 많이 쏟아진다. 함박꽃 같은 눈송이가 그의 입술 끝에 녹아지고 또 녹아졌다. 그때마다 그는 찬 냉수를 마시는 듯하여 가슴이 선뜻하곤 하였다.

길이란 길은 모두 눈에 묻혀 버리고 길가의 낯익은 나무들도 눈송이에 흐리었다. 그리고 그 높은 불타산도 뿌옇게 보일 뿐이었다.

　민수는 길을 찾을 수가 없어 한참이나 밭고랑으로 혹은 논둑을 밟다가 동네를 짐작하고야 길을 찾곤 하였다. 눈에 젖었던 신발은 얼어서 대그럭 소리를 내었다. 이렇게 눈 속에 푹푹 빠지며 민수가 간신히 몇 집을 둘러 방축골까지 왔을 때는 벌써 그가 집에서 떠난 지 이틀째 되는 황혼이었다.

　"주인 계시우?"

　걸레로 한 주먹씩 틀어막은 문을 열고 나오는 주인은 민수를 보자 한층 더 얼굴이 허옇게 질린다.

　"이 눈 오는데 어떻게 여기를……. 어서 들어가십시다."

　민수는 방 안으로 들어가니 너무 캄캄해서 지척을 분간할 수가 없었다. 그는 한참이나 눈을 감고 있다가 가만히 떠 보니 숨이 답답해지며 차라리 오지 말았더면 하는 후회가 곧 일어났다. 그리고 이 저녁거리나마 있을 것 같지 않았다.

　"참 이 눈 오는데……. 제가 한목 들어가려고 했지마는 너무 오래 빈말로만 올려서 어디……. 참 오작이나 치우셨습니까."

　주인은 어느 것부터 먼저 말해야 좋을지 몰라 쩔쩔매었다.

　"여보게 저녁 진지 짓게, 뭐 찬이 어디 있어야지."

　그의 아내는 머리를 내려 쓸며 부스스 일어 나간다. 민수는 정신을 가다듬어 아랫목을 바라보았다. 시커먼 누더기 속에서 조잘조잘하는 소리가 자주 들리며 누더기가 배움하고 열리더니 까만 눈알이 수없이 반들거렸다. 그리고 킥킥 웃는 소리가 난다. 몇 아이나 되는지 모르나 어쨌든 한두 아이가 아님은 즉시 알았다.

이 저녁부터는 바람까지 일었는지 바람 소리가 휙 몰려갔다가 몰려온다. 그리고 문풍지가 드르릉드르릉 울리며 눈보라가 방 안으로 스르륵 몰려들었다. 민수는 방 안에 앉았느니보다 차라리 밖에 어떤 토굴 같은 곳이 있으면 그리로 나가서 이 밤을 지내고 싶은 맘이 부쩍 들었다. 그러나 이 밤에 어디가 토굴이 있는지를 모르고 무턱대고 나갈 수도 없어서 맘을 졸이며 앉았노라니 마치 바늘방석에 앉은 것 같고, 더구나 이 밤새에 몇 사람의 죽음을 볼 것만 같았다.

밥상이 들어온다. 민수는 배고프던 차에, 한 술 떠 보리라 하고 술을 드니, 밥이 아니라 죽이었다. 조죽에 시래기를 넣어서 끓인 것이다. 민수는 비록 남의 집을 살았을지언정, 일생을 통하여 이러한 음식을 먹어 보기는 처음이었다. 그리고 조깻내까지 나서 그의 비위에 몹시 거슬리나 꾹 참으며 국물을 후루루 들이마셨다.

그때 아랫목에서 애들이 벌떡벌떡 일어났다.

"엄마 나 밥!"

"엄마 나 밥! 응야."

이 모양을 바라보는 주인은 눈을 부릅뜨며,

"저놈의 새끼들을 모두 쳐 죽여 버리든지 해야지, 정……."

그리고 민수를 돌아보며,

"어서어서 많이 잡수시유, 저놈들은 금시 먹고도 버릇이 그래서 그럽니다그려."

민수는 손끝이 가늘게 떨렸다. 그리고 술을 들 용기가 나지 않았다. 그래서 그만 술을 놓고 물러앉았다.

"왜, 왜 안 잡수십니까, 뭐 자실 것이 되어야지유."

주인은 머리를 벅적벅적 긁으며 상을 밀어 놓았다. 사남매는 일시에 욱 쓸어 일어나며 저마다 죽 그릇을 잡아당기기에 먹지도 못하고 싸움만 벌어졌다.

주인은 벌떡 일어나더니 장죽을 들고 돌아가며 붙인다. 민수는 너무 민망하였다. 그래서 주인을 붙들며,

"이게 무슨 일이오니까. 애들이 다 그런 게지유. 놔유, 어서 놔유."

상 귀에서 흐른 죽을, 그중 어린 것이 입을 대고 쭉쭉 핥아먹는다. 이 꼴을 보는 주인마누라는 나그네 보기가 부끄러운 듯이 어린애를 붙들어다 젖을 물리고 콧물을 씻는 체하면서 고름 끈을 눈에 갖다 대곤 한다.

9

애써 말리는 나그네의 생각을 함인지, 주인은 씩씩하며 맷손을 놓고 물러앉는다.

"아, 글쎄 글쎄, 새끼는 왜 그리 태었겠수. 이것두 아마 죄지유. 전생에서 무슨 큰 죄를 지고 나서 이 모양인지."

홧김에 때리기는 하고도 그만 억울하고 분하여서 소리쳐 울고 싶은 것을 겨우 참는 모양이다. 못 먹이고 못 입히기도 억울한데 더구나 굶고 앉은 그들을 공연히 때리었구나 하는 후회가 일었던 것이다.

이제까지 아우성치고 울던 그들이건만 그런 일은 언제 있었느냐는 듯이 누더기 속에서 소곤소곤하고는 킥킥 웃는다.

민수는 그날 밤잠 한 잠 못 자고 이런 생각 저런 생각을 되풀이하였다. 그리고 남의 일이라도 남의 일 같지를 않고 자기의 앞에도 이런 비운이 닥쳐오지나 않으려나 하는 불안이 문풍지를 울리는 바람과 같이 꼬리에 꼬리를 물었다.

이렇게 밤을 새우고는 민수는 채 밝기도 전에 일어앉았다. 추운 방에서 자서 그런지 몸이 가뿐치를 않고 아무래도 감기에라도 걸린 것 같다.

"몹시 치우시지유?"

주인은 마주 일어앉는다. 민수는 얼결에,

"네, 뭐."

이렇게 분명치 못한 대답을 하며 담배를 피워 물었다. 그리고 담뱃갑을 주인 앞으로 밀어 놓았다. 주인은 황송한 듯이 머리를 숙이며 담배를 붙여 문다. 민수는 담배를 한 모금 쭉 빨며 무심히 들으니 벌써 아랫목에서 소곤소곤하는 소리가 들린다. 민수는 얼핏 머리를 들어 아랫목을 바라보았다.

아무것도 분간치 못할 컴컴한 속으로 그침 없이 조잘거리는 이 소리. 지금쯤은 우리 선비도 깨어서 제 어미와 "아부지 어디 갔나?" 하고 조잘조잘하겠지 하는 생각이 들었다. 뒤이어 선비의 얼굴이 저 아랫목 위로 스르르 떠오른다.

"어마이 배고파!"

민수는 이 소리가 꼭 선비의 음성 같아서 깜짝 놀랐다. 그래서 무의식간에 담배를 휙 집어 뿌렸다. 그다음 순간 그 음성이 선비의 음성이 아니라고 부인하면서도 웬일인지 가슴이 짜르르 울려서 견딜 수가 없었다.

민수는 안타까웠다. 그만 곧 일어나 이 자리를 벗어나고 싶었다. 그가 벌컥 일어났을 때 그는 무의식간에 그의 거지 안에서 일 원짜리 지화를 꺼내 가지고 나왔다. 그래서 주인의 손에 쥐어 주었다.

"애들 밥 한 끼 해 주!"

주인은 어리둥절하였다. 그리고 자기 손에 쥐인 것이 돈이라는 것을 깨닫자 칵 쓰러지며 엉 하고 울고 싶었다. 민수는 두 다리가 가늘게 떨리는 것을 깨달았다. 다음 순간에 덕호의 성난 얼굴을 똑똑히 보았다. 그는 진저리를 쳤다. 그리고 주인의 붙잡는 것을 뿌리치고 그 집을 나왔다.

간밤 동안에 얼마나 바람이 불었는지 눈이 이리 몰리고 저리 몰리어 어떤 곳은 눈산을 이루어 놨다. 민수는 신발 소리를 사박사박 내며 분주히 걸었다. 흰눈 위에는 이따금씩 날짐승들의 발자국이 꽃잎같이 뚜렷이 났다.

민수는 속이 불편하였다. 이제 덕호를 만나 뭐라고 말할 것이 난처하였던 것이다. 그래서 그는 이리저리 궁리해 보며 혹은,

'이 원만 받았다고 속일까? 그리고 나중에 내 돈으로 슬그머니 갚더라도……. 그래도 속이느니보다는 바로 말을 해야지, 주인님도 사람이지, 그 말을 다 하면 설마한들 잘못했다고 할까? 그렇지는 않겠지.'

이렇게 속으로 다투나, 두 가지가 다 시원치를 않았다. 누가 곁에 있으면 물어라도 보고 싶게 안타까웠다. 그러나 마침내는 속이기로 결정하고 억지로 마음을 가라앉히려 하였다. 그러나 그것은 쓸데없는 일이었다. 사내자식이 돈 일 원이 무엇이기에,

하며 스스로 꾸짖어도 보았다.

이렇게 망설이며 다투면서 동네까지 온 그는 반가워야 할 이 동네건만 발길이 얼른 들여놓이지를 않았다. 그래서 그는 동구에 멍하니 서서 한참이나 무엇을 생각하다가 들어왔다.

덕호의 집까지 온 민수는 사랑문 앞에서 발을 툭툭 털며 주인님이 사랑에 계시지 않았으면, 하고 가만히 문을 열었다. 욱 쓸어 나오는 담배 연기 속에서 덕호의 늘 피우는 담뱃내를 후끈 맡았을 때 그는 머뭇머뭇하였다.

"몹시 춥지, 어서 들어와 불 쬐게."

덕호는 머리를 기웃하여 내다본다. 둘러앉은 노인들도 한마디씩 말을 던졌다. 민수는 하는 수 없이 방으로 들어갔다. 그리고 화로를 피하여 앉았다.

10

덕호는 문갑 위에서 산판을 꺼내 들며,

"그래 이번에는 좀 주던가, 방축골 그놈이?"

덕호는 그가 너무 미워서 이름도 부르지 않는 것이다. 민수는 얼굴이 빨개지며 머뭇머뭇하다가,

"아니유."

"아, 그래 그놈을 가만히 두고 왔단 말인가? 사지라도 부러치고 오지."

"뭐, 물 턱이……."

민수는 말끝을 마치지 못하고 푹 숙일 때 상가에 흐르는 죽을 젖 빨듯이 빨아 먹던 어린애가 얼핏 떠오른다. 그리고 그 어두운 방 안이 획 지나친다. 민수의 늘어진 말에 덕호는 화가 버쩍 났다.

"물 턱 없는 놈이 남의 돈을 왜 쓴단 말인가!"

소리를 버럭 지른다. 민수는 꿈칠 놀라 조금 물러앉았다. 덕호의 손길이 그를 후려치는 것으로 알았던 것이다.

"그래 딴 놈들은?"

"바 받았습니다."

덕호는 찡그렸던 양미간을 조금씩 펴며,

"그래 얼마씩이나 받았는가?"

"아마 삼 원……."

민수는 자기 말에 깜짝 놀랐다. "이 원 받았습니다." 하고 말하려던 것인데, 누가 이렇게 시켜 주는지 몰랐다. 다음 순간 그는 모든 것을 바로 말하리라 하고 결심하였다. 두 귀는 무섭게 운다.

"모두 이자만 받았네그려. 그 방축골 놈 때문에 일났어! 아 그놈이 잘라먹으려고 든단 말이어. 받아 온 것이나 내놓게."

민수는 지갑 속에서 돈을 내어 덕호 앞으로 밀어 놓았다. 그의 손끝은 확실히 떨렸다. 덕호는 지전을 당기어 헤어 보더니,

"이 원뿐일세?"

의아한 듯이 바라본다. 민수는 머리를 번쩍 들었다. 그의 눈에는 어린애 같은 천진한 애원이 넘쳐흐른다.

"저 남성네 어린것들이 굶어……, 굶어 있기에 주, 주었습니다."

마침내 그의 눈에는 눈물이 그뜩 괴었다.

"뭐?"

덕호는 순간으로 눈이 뒤집히며 들었던 산판을 획 집어 뿌렸다. 산판은 민수의 양미간을 맞히고 절거륵 하고 떨어진다.

"이 미친놈아, 그렇게 자선심 많은 놈이 남의 집은 왜 살아. 나가! 네 집구석에서 자선을 하겠으면 하고 말겠으면 말아라."

돌아앉은 사람들은,

"그만두슈, 다."

"글쎄 글쎄, 제가 배가 고파서 무엇을 사 먹었다든지, 혹은 쓸일이 있어 썼다면야 당연한 일이 아니겠수. 아 이 미친놈은 터들터들 가서 보행료도 못 받아 처이면서 그런 혼 나간 짓을 하

니 분하지 않우? 이애 이놈 나가라!"

덕호는 벌컥 일어나며 발길로 냅다 찬다. 사람들이 아니면 실컷 두드리고 싶으나 체면을 생각해서 꾹 참고 다시 앉았다.

"그 돈 일 원이 많아서 그런 게 아니어, 그놈이 내 돈을 통째 삼키려는 판에 피천 한 푼이나 왜 준단 말이냐, 이놈아."

덕호는 이를 북북 갈며 사뭇 죽일 듯이 달려들다가 그만 획 나가 버린다. 돌아앉았던 사람들도 뿔뿔이 가 버리고 말았다. 한참 후에 민수는 정신을 차려 돌아보니 아무도 없다. 그리고 눈이 텁텁한 듯하여 만져 보니 양미간이 좀 달라진 듯하였다.

민수는 이렇게 주인에게 매를 맞고 욕을 먹었지만 웬일인지 분하지도 노엽지도 않고 오히려 속이 푹 가라앉으며 무슨 무거운 짐을 벗어 놓은 듯하였다.

그는 얼핏 일어나 그의 집으로 왔다.

그가 싸리문을 열 때 선비 모녀는 뛰어나왔다. 칵 매달리는 선비를 안은 민수는 뜻하지 않은 눈물이 앞을 가리었다. 그리고 사남매의 모양이 또다시 떠오른다. 오늘은 그들이 무엇을 좀 먹어 보았을까? 하며 방 안으로 들어갔다.

물끄러미 부녀의 모양을 바라보던 선비 어머니는,

"미간 새가 왜 그래요?"

"왜 무엇이 어떤가."

그는 손으로 양미간을 비비치며 드러눕는다. 선비 어머니는 이불을 내려 덮으며 어디서 몹쓸 놈을 만나 곤경을 당하였나? 혹은 노독 때문인가? 하고 생각하며,

"진지 지을까요?"

"글쎄! 미음이나 좀 먹어 볼까. 쑤게나."

미음 쑤라는 말에 선비 어머니는 남편의 몸이 불편하다는 것을 확실히 알았다. 그래서 어디가 아프냐고 물으려니 민수는 눈을 꾹 감고 돌아눕는다.

11

그날부터 민수는 자리에서 일지 못하고 몹시 앓았다. 선비 어머니는 온갖 애를 다 썼으나 아무 효험이 없었다.

어떤 날 선비 어머니는 밖에서 들어오며 눈등이 빨개졌다.

"큰집 영감님한테 산판으로 맞았단 말이 참말입니까?"

"누가 그러던고?"

"아 뭐, 다들 본 사람들이 그러던데요."

"들그러워! 그런 말 청신해 가지고 다닐 것이 없느니. 좀 또 맞았다면, 영감님이 나를 미워서 때렸겠나, 부모 자식 새 같으

니."

"아니, 글쎄 맞기는 분명합니다그려."

"듣그럽다는데. 이 사람."

그는 앓는 소리를 하며 돌아눕다가, 무슨 생각을 하였는지 눈을 번쩍 뜨고 아내를 바라보았다.

"내가 만일 죽게 된다더라도, 그런 쓸데없는 말을 곧이들어서는 못써."

민수는 자기 병세가 아무래도 심상치 않음을 알았다. 그러나 덕호에게서 맞은 것이 원인이 되었다고는 꿈에도 생각해 본 적이 없었다. 죽는다는 말이 남편의 입에서 떨어지자, 선비 어머니는 그만 아뜩하여 다시는 두말도 꺼내지 못하였다.

그 후 며칠 만에 민수는 드디어 가고 말았다. 선비가 안타깝게 매달려 우는 것도 모르고…….

이러한 과거를 되풀이한 선비 어머니는 어느새에 눈물이 볼을 적시었다. 그는 눈물을 씻고 나서, 다시 한 번 그의 지붕을 쳐다보았다. 주인을 잃어버린 컴컴한 저 지붕! 저 지붕에 남편의 굵다란 손길이 몇 천 번이나 돌아갔을까!

싸리문 열리는 소리에, 선비 어머니는 선비가 오는가 하고, 얼른 주저앉았다. 그리고 눈물 흔적을 없이한 후에 이엉을 엮었다. 그러자 방문 소리가 났다. 선비 어머니는 선비가 아니라 딴

마을꾼이 오는가 하여 귀를 기울였다.

"어데들 다 갔수?"

말소리를 듣고야 선비 어머니는 누구임을 알았다.

"아이 어떻게 우리 집에를 다 오셔요?"

선비 어머니는 곧 일어나며 뒷문을 열었다. 방문을 시름없이 열고 섰는 신천댁은 푸석푸석 부은 눈에 약간 웃음을 띠며,

"일하시댔소?"

말끝을 이어 한숨을 푹 쉬었다.

"어서 들어와요."

신천댁은 방 안으로 들어와 앉으며 뒤뜰을 물끄러미 바라보더니,

"우리 어머니두 지금……."

말을 맺지 못한다. 선비 어머니는 무엇을 의미한 말임을 얼핏 깨달으며 측은한 생각이 불쑥 들었다.

"왜 어데가 편치 않으세요?"

"선비 어머니, 난 내일 그만 우리 집으로 갈까 봐."

눈물이 샘처럼 솟는다. 선비 어머니는 뭐라고 말해야 좋을지 몰라 한참이나 멍하니 앉았다가,

"그게 무슨 말을 그렇게 합니까."

"난 정말 그 집에선 못 살겠어. 글쎄 안 나오는 아이를 어떻게

하라고 자꾸 들볶으니 글쎄 살겠수?"

　이제 겨우 이십이 될락 말락 하는 그의 입에서 자식 말이 나올 때마다 선비 어머니는 잔망하게 보았다. 동시에 측은한 맘도 금치 못하였다.

　"왜 또 무어라고 허십데까?"

　"글쎄 요전에 월경을 한 달 건넌 것은 선비 어머님도 잘 알지, 그런데 오늘 아침에 그게 나왔구려!"

　"나왔어요? 월경도 건너 나오는 수도 있지요."

　"글쎄 그 빌어먹을 것이 왜 남의 애를 태우겠소."

　신천댁이 월경을 건너니 덕호는 먹을 것을 구해 들이느라 보약을 쓰느라 온 동네 사람들까지 들볶아 대었던 것이다.

　덕호가 하늘같이 떠받칠 때는 웬일인지 밉더니만 오늘 저렇게 시름없이 와서 앉은 것을 보니 측은하기도 하고 우습기도 하였다.

　"아니, 이제 날 테지, 벌써……. 글쎄."

　"그러기 말이에요. 내 나이 삼십이 됐소, 사십이 됐소. 글쎄, 그 야단을 할 턱이 뭐겠수."

　신천댁은 한숨을 쪽 쉬더니,

　"난 내일 가겠수, 자꾸 가라니깐 어떡해요."

　"그게야 영감님이 일시 허신 말씀이겠지요."

그는 머리를 좌우로 흔들고 말소리를 낮추어,

"요새 영감님이 간난네 집에를 다닌다우."

선비 어머니는 눈을 둥그렇게 떴다.

12

삼 년이란 세월이 흘렀다.

며칠 동안 어머니가 가슴앓이 병으로 앓아누워서, 선비는 큰집에 들어가지 못하고 어머니 곁에 꼭 마주 앉아 있었다.

아직도 이 집에는 남포등을 쓰지 못하고 저렇게 접시에 들깨기름을 부어 쓰는 것이다. 불꽃은 길게 끄름을 토하며 씩씩히 올라가다는 문바람에 꺼풋꺼풋하였다.

선비는 어머니가 좀 잠이 든 듯하여 등불 곁으로 왔다. 불빛에 보이는 그의 타오르는 듯한 볼은 한층 더 빛이 났다. 그는 무엇을 생각하느라 물끄러미 등불을 바라보다가 부스스 일어나서 윗방으로 올라간다.

한참 후에 그는 바느질 그릇을 들고 내려와서 등불을 마주 앉으며 일감을 들었다.

"아이구!"

하는 신음소리에 선비는 바느질을 멈추고 돌아보았다.

"어머니, 또 아파?"

선비 어머니는 폭 꺼진 눈을 겨우 뜨며,

"물 좀 다우."

"어머니, 물을 자꾸 잡수면 안 된대."

선비는 어머니 곁으로 가며 들여다보았다. 오래 앓은 까닭인지 무슨 냄새가 좀 나는 듯하였다.

"이애 좀 줘!"

조금 더 크게 소리친다. 선비는 거의 울듯이 애원을 하였다. 그러나 어머니는 듣지 않고 소리소리 치다가 일어나려고 머리를 든다. 선비는 할 수 없음을 알고 부엌으로 나와서 물을 끓여 가지고 들어왔다. 김이 펄펄 올라가는 것을 본 그의 어머니는,

"누가 그 물 먹겠다니, 잡년의 계집애, 어서 찬물 다오."

"아이, 어머니……."

그는 어머니를 붙들고 물을 입에 대어 주었다. 선비 어머니는 좌우로 머리를 흔들다가 마침내 뜨거운 물을 몇 모금 마시고 도로 누웠다.

"이애."

한참 후에 어머니는 선비를 보며 이렇게 불렀다. 선비는 또다시 일감을 놓고 곁으로 갔다.

"어제 꿈에 너의 아버지를 만났구나. 그런데 어떻게 반갑지도 않고, 그리 싫지도 않고, 그저 전에 살림하고 살던 때라구 하는데. 너의 아부지가 너를 업구서 어데로 자꾸 가두는구나. 그래서 내가 따라가면서 어델 가느냐 물어도 말두 안 하고 가겠지. 그게 무슨 꿈일까."

선비는 새삼스럽게 아버지의 얼굴이 휙 떠오른다. 그러나 아버지의 그 얼굴은 분명치를 않고 안개 속에 묻힌 것같이 어림해 보일 뿐이다. 그는 어머니를 보았다. 그 찰나에 어머니는 확실히 아버지 환영을 보는 모양이다. 선비는 소름이 쭉 끼치며 무서운 생각이 들었다.

"어머니."

선비는 어머니를 흔들며 다가앉아 어머니의 얼굴을 만져 보았다. 어머니는 눈을 치뜨고 천장을 바라본다. 그 무서운 눈을 굴려 딸을 보았다.

"왜?"

선비 어머니는 딸을 보자 흑흑 느껴 운다. 그리고 입술을 풀풀 떨며,

"너를 어서 임자를 맡겨야 헐, 헐 터인……."

어머니 입에서 또렷하게 말이 흘러나올 때, 그는 안심을 하였다. 그리고 사람이 죽어지면 아무리 부모라도 무서워진다지 하

는 생각이 들었다.

그때에 싸리문이 열리는 소리가 나므로, 선비는 얼른 문 편으로 바라보았다. 방문이 열리며 덕호가 들어온다. 선비는 놀라 일어났다.

"아직도 아픈가, 그거 안되었군."

덕호는 문 안에 선 채 선비 어머니를 바라보며 걱정을 한다. 선비 어머니는 덕호임을 알자, 일어나려고 애를 쓴다. 선비는 곁으로 가서 부축을 하였다.

"어서 눕지, 어서 뭐. 무엇 좀 먹었니?"

선비를 바라보았다. 선비는 머리를 조금 드는 체하다가 도로 숙였다.

"아무것도 못 잡수시어요."

"허, 거 정 안되었구나. 우리 집에 꿀이 있니라. 그것을 좀 갖다가 물에 타서 먹게 하여라. 아무것이나 좀 먹어야지, 되겠니."

덕호는 담배를 피워 물며 앉으려는 눈치를 보이더니,

"원 저게 뭐란 말인구, 저 등을 쓰구야 답답해서 어찌 산단 말이냐."

덕호는 지갑을 내어 오 원짜리 지화를 한 장 꺼내어서 선비 앞으로 던져 주었다. 선비는 꿈칠 놀랐다. 그때 별안간 방문이 바스스 열렸다.

13

그들은 놀라 바라보았다. 신천댁을 내쫓고 그 후를 이어 들어온 덕호의 작은마누라인 간난이였다. 간난이는 문을 열기는 하고도 차마 들어오지 못하고 머뭇머뭇하고 섰다. 덕호는 간난이를 노려보았다.

"왜 와? 응. 그 문 여는 법이 어서 배운 법이야. 원, 상것 같으니. 사람의 집에 사람 다니는 법이 어디 그렇담."

이 모양을 바라보는 선비네 모녀는 뭐라고 말해야 그들의 불평을 완화시킬지 몰랐다. 그래서 한참이나 바라보다가 선비 어머니는,

"어서 들어와요."

"뭘 하러 들어와, 어서 가! 계집년의 문 여닫는 법이 그런 법이 어디 있담! 어서 당장 못 가겠니!"

주먹을 부르쥔 덕호는 눈을 부릅뜬다. 선비는 얼떨결에 일어났다.

"아스서요, 참으서요."

간난이는 얼굴이 빨개지며 밖으로 뛰어나간다. 덕호는 문을 쿡 닫고 들어왔다. 그리고 지화를 보며,

"아, 고런 망상시러운 것이 어디 있담. 어서 넣어 둬라. 그리고

내일은 저 등도 갈고, 의원도 좀 오래서 뵈지, 응 이애 내 말 들었니?"

선비 어머니는 선비를 꾹 찔렀다. 그제야 선비는,

"네."

하고 대답하였다. 그러나 선비는 돈 집을 것이 난처하였다. 그렇다고 그 돈을 도로 물리는 수는 없는 터이고 하여 망설망설할 때, 선비 어머니는 그 돈을 집어 딸의 손에 쥐어 주었다. 선비는 마지못해서 그 돈을 받아 이불 아래에 쑥 쓸어 넣었다.

덕호는 더 섰기가 무엇하여 돌아서며,

"내일 꿀도 잊지 말고 가져와."

"네."

그의 어머니가 대신 대답을 하였다. 그리고 선비를 꾹 찌르며 문밖까지 따라 나가라는 뜻을 보였다. 선비는 부스스 일어나서 덕호의 뒤를 따라 싸리문턱까지 나갔다.

"안녕히 가세요."

"오, 내일은 집에 들어왔다가 가거라."

"네."

덕호가 문밖을 나서자 선비는 곧 싸리문을 지치고 들어왔다. 웬일인지 간난이가 다그쳐 들어오는 것 같아서 공연히 숨이 가빴다. 선비는 어머니 곁으로 앉으며,

"어머니, 간난이가 어쩨 왔을까?"

그의 어머니도 지금 그것을 생각하는 중이었던 것이다.

"글쎄. 아이구 가슴이 또 치미누나."

선비 어머니는 얼굴을 찡그리고 아구구 소리를 연발한다. 선비는 어머니의 허리를 쓸면서 아까 간난이가 돌연히 나타나던 것을 생각하였다. 그리고 평생 가야 오지 않던 그들이 별안간 무슨 생각을 하고 우리 집에를 왔을까? 어머니의 병 때문일까, 혹은 무슨 다른 일이 있음인가? 암만 생각해도 그들이 하나도 아니요, 둘씩 왔다가 가는 것은 이상스러웠다.

간난이는 선비의 둘도 없이 친하던 동무였다. 그러나 덕호의 작은집으로 들어가면서부터는 웬일인지 그들의 사이는 벌어졌다. 그래서 피치 못하여 마주치게나 되면 눈웃음으로 인사를 건네고 말 뿐이었다. 무엇보다도 동무였던 그를 하루아침 사이에 상전으로 섬겨야 할 터이니 그것이 싫다는 것보다도 오히려 어려웠던 것이다.

한참이나 신음하던 어머니는 가슴이 좀 내려간 모양인지 가만히 있다. 선비는 이불을 덮어 놓고 나서 등불 앞으로 왔다. 그래서 바느질감을 드니 어쩐지 속이 수선거리고 아까와 같이 일이 되지를 않았다. 그는 그만 일감을 착착 개어 놓으며 멍하니 등불을 바라보았다.

"남포등을 사다가 불을 켜라지."

그는 이렇게 중얼거리며 아까 오 원짜리 지화를 던져 주던 덕호의 얼굴을 다시금 그려 보았다. 그리고 이때까지 볼 수 없던 그의 후한 마음! 그것은 어떻게 해석해야 좋을지 갈피를 잡을 수가 없었다. 따라서 이때껏 느껴 보지 못한 어떤 불안을 가슴이 답답하도록 느꼈다.

그는 어머니를 돌아보며,

"어머니."

하고 부르니 아무 대답이 없다. 그리고 약간 코고는 소리가 가늘게 들린다. 가슴이 내려간 틈에 어머니는 저렇게 잠을 자는 것이다. 그는 얼결에 어머니를 불러 놓고도 어째서 그가 어머니를 불렀는지 꼭 집어낼 수는 없었다. 그는 물끄러미 어머니의 핏기 없는 얼굴을 바라보며 이불 속에 아까 넣어 둔 오 원짜리 지화를 생각하였다. 따라서 뜻하지 않은 한숨이 폭 나왔다.

14

선비는 어슬어슬해서 그만 일어나고 말았다. 어젯밤 잠을 못 잔 탓인지 골머리가 띵하니 아팠다. 어머니의 아픔도 아픔이려니와, 어젯밤 돌연히 나타난 덕호와 간난의 행동이 수상스러워서 한잠 못 잤던 것이다.

"어머니, 물 데워서 손발 좀 씻어 올릴까요?"

"그래."

간신히 대답한 어머니는 "아이구!" 하며 돌아눕는다. 선비는 어머니 곁으로 가서,

"아직도 아파? 자꾸."

어머니는 아무 말 없이 "음음." 하고 신음할 뿐이다. 그는 이불을 꼭 덮어 준 후에 밖으로 나왔다.

아직도 날은 채 밝지 않았다. 그는 멍하니 어젯밤 일을 다시금 되풀이하며 가만히 부엌문을 열었다. 김치 시어진 내가 훅 끼친다. 그는,

"김치는 다 시어지눈."

이렇게 중얼거리며 앞뒷문을 활짝 열어 놨다.

그가 솥에 물을 붓고 불을 살라 넣을 때 누가 싸리문을 흔든다. 순간에 선비는 간난의 얼굴이 휙 지나친다. 그래서 그는 가만히 귀를 기울이며 누가 이 새벽에 올까?

마침내 싸리문이 찌걱 하고 열리는 소리가 난다.

"거 누구요?"

선비는 부엌 문턱에 서서 내다보았다. 그때 선비는 깜짝 놀라

뒤로 물러섰다. 그리고 질겁을 하여 방으로 뛰어들었다. 어머니도 놀랐는지 돌아보며,

"왜 그러냐, 응?"

선비는 어머니 곁으로 가서 문 편을 바라보며,

"어떤 사나이가 싸리문을 열고 들어와."

어머니는 이 말에 도적이 드는가 하여 벌컥 일어나려다가 도로 쓰러지며,

"그거 누구냐? 응, 누구야?"

목청껏 소리친다. 문밖에서 머뭇거리던 사나이는,

"아저머니, 내유."

"응, 내가 누구란 말이야, 이 새벽에."

그의 음성을 분간하여 짐작하려나 도무지 들어 보지 못하던 음성이다. 그는 마침내 방문을 부스스 열었다. 그들은 뛰는 가슴을 진정하며 바라보았다. 아직도 컴컴하므로 분명치는 않으나 그 윤곽과 키를 짐작하여 첫째인 것을 알았다.

그들은 뜻하지 않은 첫째임에 더한층 놀랐다. 그리고 속으로는 저 부랑자 놈이 누구를 또 어쩌려고 이 새벽에 왔는가 하니 가슴이 후닥닥 뛰었다.

"응, 자네가 어째서 이 새벽에 왔는가?"

"아저머니가 아프시다기 저 소태나무 뿌리가 약이라기에 가

져왔수."

그의 음성은 차츰 입속으로 숨어들고 있었다. 이 말에 그들 모녀는 적이 안심하였다. 그리고 한편으로는 알 수 없는 의문이 뒤범벅이 되어 돌아가고 있다.

"아심찮으이, 원……."

방 안으로 들여놓는 소태나무 보자기를 보며 선비 어머니는 이렇게 말하였다. 그는 보자기를 들여놓고는 곧 돌아서 나간다. 선비 어머니는,

"잘 다녀가게."

그의 신발 소리가 멀리 사라진 후,

"아 그놈, 또 하는 짓이……."

선비 어머니는 선비를 물끄러미 바라보며 이렇게 혼자 하는 말처럼 중얼거렸다. 그리고 막연하나마 선비로 인하여 이런 일이 생기지 않는가? 하는 의문이 불쑥 들어, 어서 선비를 처치하여야겠다는 생각이 한층 더 강하여진다.

방 안은 활짝 밝았다. 무섭게 해어진 보자기 사이로 금방 캐온 듯한 싱싱한 소태나무 뿌리가 삐죽삐죽 나와 있었다. 선비는 무서워서 깜작하지 않았다. 그리고 어렸을 때 싱아 빼앗기던 생각까지 새삼스럽게 떠오른다.

"이애, 저것 어디 감추어 둬라. 누가 보나다나 해두……. 그 부

랑한 놈이 그게 웬일이야?"

선비 어머니는 생각할수록 이상하였다. 그리고 일종의 공포
까지 느꼈다. 그만큼 첫째네 모자는 이 동네서 사람대우를 받
지 못하였던 것이다. 더구나 첫째는 술 잘 먹고 사람 잘 치기로
유명하였던 것이다. 선비는 어머니의 말에 어딘가 모르게 섭
섭함을 느꼈다. 동시에 뭐라고 형용할 수 없는 슬픈 생각이 소
태나무 보를 싸고 언제까지나 사라지지 않았다. 그는 그의 이
러한 맘이 무엇 때문인지 풀 수가 없었다. 그는 어머니가 자리
에 눕는 것을 보고야, 소태나무 보자기를 들고 윗방으로 올라왔
다. 그리고 문 앞에 다가서며, 이건 밤에 캐 온 겐가? 잠두 못 자
고……, 이렇게 생각하며, 아까 문밖에 섰던 첫째의 얼굴을 다
시금 그려 보았다.

그가 무엇 때문에, 왜 이것을 가져왔을까? 그때 그의 볼이 화
끈 달며 무서움이 온몸에 흠씬 끼친다. 그는 무의식간에 소태나
무 보를 휙 던졌다. 그리고 무엇이 다그쳐 오는 것처럼 달려 내
려왔다.

　며칠 후 선비 어머니는 마침내 세상을 떠나고 말았다. 덕호의 주선으로 어머니의 장례를 무사히 치르어 낸 선비는 아주 덕호의 집으로 옮겨 오게 되었다. 그래서 안방 맞은편 방 옥점이(덕호의 딸) 있던 방을 제 방으로 정하고 있었다.

　덕호 부부는 선비 어머니가 살았을 때보다 선비를 한층 더 귀여워하고 측은히 생각하였다. 더구나 선비가 가사에 막히는 것이 없이 능한 까닭에 옥점 어머니는 선비를 수족같이 알아서 집안 살림을 전수이 밀어 맡기었다.

　옥점 어머니는 장죽을 물고 안방에서 나오며 마루 걸레질하는 선비를 보았다. 그리고 담뱃대를 입에서 뽑으며,

　"그것은 할멈을 시키고 너는 옥점의 옷을 하여라."

　부엌 편을 향하여,

　"할멈, 마루 걸레질하우."

　선비는 걸레를 대야에 넣고 부엌으로 들어가서 손을 씻고 나온다. 옥점 어머니는 안방에서 옷 마른 것을 가지고 나오며,

　"이애, 요새 서울서는 모두 옷을 작게 입는다더라. 이것을랑 아주 작게 하여라."

　선비는 일감을 받아 가지고 재봉침에 마주 앉았다. 그리고 약

간 기계를 수선한 후에 일을 시작하였다. 한참씩 재봉침 바퀴를 굴려 나가다가 뚝 끊으며 눈결에 보면 할멈은 씩씩 하며 마루 걸레를 치다가 어려워서 멍하니 앉아 있다. 그때마다 선비는 미안한 생각이 들었다.

"마루 걸레 치기가 저렇게 힘들까!"

옥점 어머니의 호통에 할멈은 꿈칠 놀라 다시 걸레질을 한다. 옥점 어머니는 할멈의 걸레 치는 것을 쏘아보며 늙은 것들은 저렇게 굴고 젊은 것들은 말 잘 듣지 않고, 어린것을 두어야 좋담, 이렇게 생각하였다.

마침 덕호가 들어온다. 옥점 어머니는 핼금 쳐다보았다. 덕호가 첩네 집에만 묻히어 있는 까닭이다.

"아니 당신도 우리 집에 올 줄 아우?"

덕호는 눈살을 찌푸리며 옥점 어머니를 노려보았다.

"저년 때문에 우리 집에 무슨 일이 나구야 말 테야. 에이 보기 싫어서!"

재봉침을 굴리는 선비의 뒷모양을 흘금 바라보며 덕호는 마루로 올라왔다.

"옥점이 아프다고 편지했어. 집에서 저년이 생긴 흉조를 다 부리고 있으니 그런 일이 안 날 탁이 되나?"

편지를 거지에서 꺼내어 획 팽개친다. 옥점 어머니는 비상히

당황하여 편지를 주워 한참이나 들여다보다가,

"어디 좀 똑똑히 보우, 흘려 써서 난 잘 모르겠수. 어데가 아프다고 했수?"

덕호는 아내가 주는 편지를 받아 읽어 들렸다. 옥점 어머니는 금시로 눈물이 방울방울 떨어진다.

"아이고 저를 어쩌면 좋우. 내 글쎄 요새 며칠 꿈자리가 사납더니 저 모양이구려. 내가 갈까요?"

"자네가 가서 뭘 알겠나, 내가 가야지. 어서 펄펄 옷 준비를 해."

어느 사이에 부부의 노염은 풀어지고 말았다. 옥점 어머니는 안방으로 들어가며,

"이애 그것은 그만두고 이걸 해라. 그리고 할멈은 어서 숯불 좀 피우."

선비는 하던 일감을 착착 개어 들고 안방으로 들어갔다.

"이걸 펄쩍 동정을 달아. 언제 이제 떠날 차가 있수?"

기웃하여 들여다보는 덕호를 쳐다보았다.

"차가, 웬 차가, 자전거로 읍까지 가면 그게서야 떠날 차가 있겠지."

선비는 동정을 시침하며 옥점의 그 둥글둥글한 눈을 생각하였다. 그리고 어디가 아픈지는 모르나 이렇게 집에서 걱정해 줄

아버지, 어머니를 가진 옥점이 끝없이 부러웠다.

그리고 어디가 몹시 아파도 어디가 아프냐고 물어 줄 사람조차 없는 자기의 외로운 신세가 새삼스럽게 더 슬펐다.

"나 서울 떠나면 선비는 아랫집 가서 자게 하여라."

"어딜 누가 가는 게요, 선비를 왜?"

옥점 어머니는 말을 중도에 끊으며 당장에 뾰로통해진다.

"아, 저년이 길 떠나려는데, 웬 방정을 저다지 떨어. 이애 이년아."

턱을 철썩 받친다. 선비는 근심스러운 듯이 쳐다보았다. 덕호는 흘금 선비를 보며 물러앉았다.

"글쎄 저런 맥힌 년이 어디 있겠니."

옥점 어머니는 뭐라고 대답을 하려다가 그만 참았다.

검정이가 쫓기어 들어오며 컹컹 짖었다.

16

중대문이 열리며 옥점이 들어온다.

"어머니!"

옥점 어머니는 딸의 음성에 질겁을 하여 뛰어나갔다. 그리고 그의 목을 얼싸안고 목을 놓아 울었다. 옥점의 뒤를 따라 들어오는 낯모를 양복쟁이는 모녀를 바라보며 머뭇머뭇하고 섰다.

덕호는 마루 위에 서서,

"아니 이게 웬일이냐, 언제 떠났느냐. 전보를 치고 올 것이지, 아프다더니?"

옥점은 달려와서 덕호의 손을 쥐며,

"아버지, 저이가 우리 학교 선생님의 자제인데, 저 몽금포에 해수욕 오던 길에 나를 만나서 그래서 우리 집에 잠깐 들러 가시라고 해서 오셨다우."

덕호는 처음엔 웬 양복쟁인가 하고 적지 않게 불안을 가졌으나 자기 딸이 배우는 선생님의 아들이라고 하니 퍽이나 안심되었다.

옥점은 양복쟁이를 바라보며,

"우리 아버지여요."

생긋 웃었다. 양복쟁이는 머리를 번쩍 들며 모자를 벗어 들고 덕호의 앞으로 나왔다. 그리고 인사를 하였다.

"이렇게 다 오셔야 만나 보지유. 어서 들어오시우."

덕호는 앞을 서서 들어간다. 그들은 뒤를 따랐다. 옥점 어머니는 옥점의 앞에 서서 들어가는 양복쟁이를 멍하니 바라보며, 나도 저런 아들이 있다면 얼마나 좋을까 하고 생각되었다.

"아가, 어디 아프댔니? 아버지가 방금 너한테 가시랴댔다."

옥점 어머니는 마루에 올라서며 이렇게 물었다. 옥점은 얼굴을 좀 붉히는 듯하면서,

"어머니두 밤낮 아기, 아가, 그게 무슨 말씀이야요."

그들은 일제히 웃었다. 옥점은 아버지와 양복쟁이를 번갈아 보았다.

"아버지, 나두 몽금포 갈 테야요."

덕호는 옥점의 얼굴빛을 자세히 살피며,

"어디 아프다는 것은 좀 나으냐. 네 몸만 든든하거던 아무 데라도 가렴."

옥점은 생긋 웃으며 양복쟁이를 쳐다보다가 무슨 생각을 하고,

"어머니, 선비가 내 방에 와서 있다구?"

"그래."

"에이, 난 몰라, 난 어데 있으라누."

금시 새침을 뗀다. 덕호는 옥점을 보며, 이런 때에 옥점은 제어미와 어쩌면 그다지도 꼭 닮았는지, 하였다.

"이애야, 그럼 선비는 이 방에 있게 하자꾸나."

덕호는 웃으며 양복쟁이를 보았다.

"저것이 아직도 어린애같이 굽니다그려, 하하."

양복쟁이도 빙긋이 웃었다. 그리고 이 집에서 옥점을 어떻게 귀여워하는 것을 잠시간이라도 알 수가 있다.

"선비야, 점심 해라."

어머니 말에 옥점은 벌떡 일어나며,

"정말 선비가 우리 집에 와 있수, 어디?"

뛰어나가는 옥점은 건넌방 문 앞에서 선비와 꼭 만났다.

"선비야 잘 있었니?"

선비는 옥점의 손을 쥐려다 물큰 스치는 향내에 멈칫하였다. 그러자 두 볼이 화끈 다는 것을 느꼈다.

"에이, 선비 너 고왔구나, 어쩌면 저렇게……."

옥점은 무의식간에 흘금 뒤를 돌아보았다. 안방의 세 사람의 눈이 이리로 쏠린 것을 보았을 때 이때껏 느껴 보지 못한 질투 비슷한 감정이 그의 눈가를 사르르 스쳐가는 것을 느꼈다. 따라서 그의 얼굴까지 화끈 달았다.

옥점은 냉큼 돌아섰다. 선비는 머리를 푹 숙이고 부엌으로 들어갔다. 할멈은 김칫감을 다듬다가 선비를 쳐다보며,

"아니 그 사내 사람은 누군고?"

시집도 안 간 처녀가 남의 사내와 같이 다니는 것이 눈에 거슬렸던 것이다.

"모르지요."

아까 옥점이 그의 아버지에게 양복쟁이를 소개하던 것을 얼핏 생각하였다.

"점심 하래요."

"뭐 점심을? 밥이 가뜩한데 웬 밥을 또 하래 응. 그 사내를 해먹이려는군."

선비는 솥을 행행 가시며 옥점의 분 바른 얼굴과 양장한 몸맵시를 생각하였다. 그리고 화로에서 피어나는 숯불을 보았다.

옥점 어머니가 내다보며,

"이애, 닭 두 마리 잡고 해라."

"네."

옥점 어머니는 이렇게 이르고 나서 들어갔다. 훌훌 하는 가벼운 소리에 선비는 머리를 번쩍 들었다.

17

제비 한 마리가 부엌 천장을 돌아, 살대같이 그 푸른 하늘을 향하여 까맣게 높이 뜬다. 선비는 한숨을 가볍게 몰아쉬었다. 그리고 처음으로 저 하늘을 보는 듯하였다.

"이애, 닭을 두 마리나 잡으라지?"

할멈은 아궁에 불을 살라 넣으며 선비를 쳐다본다. 그리고 눈가로 가는 주름을 잡히며 웃는다. 그는 언제나 닭을 잡게 되면 살을 다 바른 닭의 뼈를 먹기 좋아하였다.

꼬꾸댁! 꼬꾸댁! 닭 우는 소리에 선비는 놀라서 물 묻은 손을 행주치마에 씻으며 뒷문 밖으로 뛰어나왔다. 그가 허청간까지 달려오니, 닭은 꼬꾸댁 소리를 지르며 둥우리 안에서 돌아가다가, 선비를 보고 푸릉 날아 내려온다. 뒤이어 닭의 똥 냄새가 그의 얼굴에 칵 덮씌운다. 그리고 닭의 털이 가볍게 일어난다.

선비는 기침을 하며 섰다가, 닭이 없어진 후에 둥우리 안을 들여다보았다. 이제 금시 닭이 낳아 놓은 달걀이 선비를 보고 해쭉 웃는 듯하였다. 그는 상긋 웃으며 달걀을 둥우리 안에서 집어내었다. 아직도 달걀은 따뜻하다.

"이젠 마흔 알이지."

그는 이렇게 중얼거리며 부엌으로 나왔다.

유 서방은 풋병아리 두 놈을 잡아 목에 피를 내어 가지고 들어오다가 선비를 보고 빙긋이 웃었다.

"달걀 또 낳았니?"

"네."

선비는 이 따뜻한 달걀을 누구에게든지 보이고 싶어 쑥 내밀었다.

"쟨 달걀을 여간 좋아하지를 않아."

할멈은 유 서방이 들고 들어온 닭을 뜨거운 물에 쓸어 넣으며 이렇게 말하였다.

"할머니, 이것까지 하면 지금 마흔 알이야요."

"그래 좋겠다! 그까짓 것 그리 알뜰하게 모아서 소용이 무언가."

할멈은 가만히 말하였다. 선비도 이 말에는 어쩐지 가슴이 찌르르 하였다. 그러나 그것은 순간이고 또다시 달걀을 들여다보니 볼수록 귀여웠다.

선비는 소리 없이 광문을 열고 들어갔다. 곰팡이 냄새가 훅 끼친다. 그는 독 위에서 달걀 바구니를 내려 들여다보았다. 똑같은 달걀이 바구니에 전과 같이 그득하였다. 그는 들고 들어간 달걀을 조심히 올려놓으며 "마흔 알이지." 하고 다시 한 번 더 늴 때, 문틈으로 비쳐 들어오는 광선은 그의 손가락을 발갛게 하였다. 그는 바구니를 쓸어 보고 부엌으로 나왔다. 그리고 닭의 틸을 뽑는 할멈 곁에 앉았다.

그들이 점심을 다 해서 퍼들이고 부뚜막에서 밥을 먹을 때 덕호가 들어왔다.

"선비야, 안방으로 들어가 먹어라, 웅."

선비는 일어나며,

"좋습니다."

"아, 왜 말을 안 들어. 어서 가지고 들어가 옥점과 같이 먹지."

너무 서두는 바람에 선비는 술을 놓고 말았다. 덕호는 암만 말해야 쓸데없을 것을 알고,

"아 그전에도 부엌에서만 먹었니?"

이렇게 중얼거리며 안으로 들어간다. 그리고 무어라고나 하는지, 옥점 어머니의 쨍쨍 하는 소리가 흘러나온다.

"그 애는 밤낮 그 모양이야 말요, 해야 들어야지요. 원체 질기기가 쇠가죽 이상인데."

선비는 얼굴이 화끈 달았다. 그리고 닭의 뼈나마 빨아 먹은 물이 도로 올라오는 것을 느꼈다.

선비가 설거지를 마치고 건넌방으로 건너갈 때 옥점 어머니가 마루에 섰다.

"이젠 그 방 임자가 왔으니 넌 이젠 할멈과 있든지 나와 있든지 하자."

옥점이 방에서 툭 튀어나왔다.

"어서 그 방 좀 내다구. 그 방의 그게 모두 뭐냐? 웬 보따리가 그리 많아. 아이, 되놈의 보따리 같데, 호호……."

옥점은 양복쟁이를 돌아보며 이렇게 웃었다. 선비는 귀밑까지 빨개지며 건넌방으로 왔다. 그리고 봇짐을 모두 한데 싸며

옥점이 하던 말을 다시금 되풀이하였다. 그리고 어디로 이 봇짐을 옮길까 하고 생각해 보았다.

안방으로 옮기자니 옥점 어머니와는 같이 있기가 싫고 할멈 방으로 옮기자니 그 방은 몹시 좁고 어떻게 해야 좋을지 몰라 그는 멍하니 앉아 있었다. 그때에 그는 어머니와 그가 살던 아랫마을 집이 문득 생각키었다. 비록 초가이나 어머니와 그가 살던 그 집! 그는 불시에 그 집이 보고 싶었다.

'그 집에 누가 이사해 왔는지 몰라.'

그는 이렇게 생각하며 다시 봇짐을 보았다. 그리고 부스스 일어나며 좌우 손에 봇짐을 들었다.

18

"후덥다. 이거 소리나 한마디 하게나."

키 작기로 유명한 난장보살이라는 별명을 가진 자가 키 큰 자를 돌아보며 이렇게 말하였다. 그리고 호미로 땅을 푹 파 올리며 가라지를 얼핏 뽑아 던졌다.

그들은 이렇게 별명을 불러 가며 잡담을 늘어놓곤 하였던 것이다.

"웅, 소리……."

"싱앗대야, 어서 해라! 이놈아, 이거 살겠니."

난장보살이 키 큰 자의 등을 후려쳤다. 그 곁에서 씩씩하며 김을 매는 첫째는,

"소리 한마디 해유."

하고 돌아보았다. 난장보살은 흘금 쳐다보며,

"이애, 이 곰도 소리를 들을 줄 아니."

술 취하기 전에는 첫째는 누구와 말 한마디 건네기를 싫어하였던 것이다. 그러나 술만 취하면 남이 알아도 듣지 못할 말을 밤새껏 저 혼자 중얼중얼하곤 하였다.

첫째는 난장보살을 보며 픽 웃었다. 그는 대답 대신에 늘 이렇게 웃는 것이 버릇이다.

앞산에서 뻐꾹! 뻐꾹! 하는 소리가 난다. 싱앗대는 앞산을 흘금 바라보더니,

"뻐꾹새만 운다!"

이렇게 말하고 목에 핏줄을 불끈 일으키며 노래를 부른다.

흙이야 돌이야

알알이 골라서

임 주고 나 먹으려

가을 묻었지

길게 목청을 내뽑았다. 땃버리라는 별명을 가진 자가 눈을 스르르 감더니,

눈에나 가시 같은
장재 첨지네
함석 창고 채우려고
가을 묻었나

굽이쳐 올라가는 멜로디는 스러지는 듯 꺼지는 듯하였다.
"좋다!"
난장보살은 호미로 땅을 치며 이렇게 소리쳤다. 그리고 무어라고 형용 못할 슬픔이 그들의 가슴을 찌르르 울려 주었다.
"이거 왜 이리 늦으니, 어서 또 받지."
유 서방이 싱앗대를 바라보며 빙긋이 웃었다. 싱앗대는,
"너구리 영감! 나 소리하면 술 사 줄 테유."
"암 사 주고말구."
첫째는 술 말을 들으니 목이 더 타는 듯하였다. 그리고 뽀얀 탁배기가 눈에 보이는 듯하여 침을 넘겼다.

"그만두겠수다. 탁배기 한 잔에 값비싼 소리를⋯⋯."

"어서 하자."

여럿이 일시에 소리친다. 유 서방은 농립을 벗어 부채질한다.

"이거 더워서 견디겠나, 어서 소리라도 이어 하게. 탁배기가 맛없으면 약주라두 사 주리."

"이애 이놈아, 소리마다나 하니까 장한 듯하니? 이리 세를 부리고⋯⋯."

난장보살은 싱앗대의 농립을 툭 쳐서 벗겨 놓았다.

"이놈아, 좀 그만 까불어라. 너 내일 누구네 김매러 가니?"

"왜. 삼치 몰래, 삼치 몰래 김매러 간다."

"그 밭이 돌짝밭이 돼서 아주 김매기 힘들지."

"그래두 그 밭에 도지가 닷 섬이다!"

"결전이야 저편에서 물겠지, 도지가 그렇게 많으니까."

"결전이 뭐가⋯⋯. 자담한다."

"뭐 자담이야? 너무하구나! 그 밭은 굶고 부쳐야 하겠군."

싱앗대는 이렇게 말하며 유 서방을 곁눈질해 보았다. 유 서방은 덕호네 집을 살므로, 언제나 그들은 유 서방을 꺼리었던 것이다. 난장보살은 침을 탁 배앝으며,

"요새 하는 짓이란 놀랄 만하니."

가만히 말하며, 호미 끝에 조가 상할까 하여 얼핏 손으로 조

를 싸고돌며 미츨하니 북돋워 놓았다. 그때 바람이 가늘게 불어
와서 조대를 살랑살랑 흔들어 준다.

　멀리서 송아지가 운다. 싱앗대는 목을 늘여,

　내가 바친 조알은
　밤알 대추알
　임의 입에 둥글둥글
　구르는 조알

　딴버리는 기침을 칵 하며 호미를 힘 있게 쥐었다.

　장재 첨지 조알은
　죽정이 조알
　내 가슴에 마디마디
　맺히는 조알

　그들은 뜻하지 않은 한숨이 후 나왔다.

19

"이놈들아, 소리를 하는 바에는 좀 속이 시원한 소리를 하지 그게 무슨 소리냐!"

난장보살은 얼굴이 벌게지며 호미를 집어 팽개친다. 그의 머리에는 장리쌀 가져오던 기억이 회오리바람처럼 일어났던 것이다.

그날, 덕호네 그 넓은 뜰에는 장리쌀을 가지러 온 소작인들로 빽빽하였다. 한참 후에 덕호가 장죽을 물고 나왔다.

"이게 웬 사람들이 이리 많아?"

언제나 장리쌀을 내줄 때에 하는 덕호의 말이다.

덕호는 휘 둘러보았다. 돌아선 농민들은 덕호의 시선이 마주칠 때마다 가슴이 두근두근해지며 불행히 자기만이 쌀을 못 얻어 가게나 되지 않으려나 하는 불안에 머리를 푹 숙였다.

덕호는 약간 얼굴을 찡그렸다. 그들 중에는 작년 것도 채 갚지 못한 사람이 있었다.

"허 거정, 그래 농사지은 쌀들은 다 어떻게 했담. 아, 저 사람네도 쌀이 없는가?"

덕호는 싱앗대를 바라보았다. 싱앗대는 머리를 벅벅 긁으며,

"네, 그저……"

"그거 웬일이야. 절용해서 먹지 안 하는 모양일세. 이렇게 가져만 가니 가을에 가서 자네들이 해 놓으랴면 힘들지. 그렇지 않은가?"

농민들은 그저 머리를 숙여 들을 뿐이었다.

덕호는 사랑에서 장책과 붓을 들고 나와서, 농민들의 성명을 일일이 적어 놓고 그리고 몇 섬 몇 말 가져갈 것까지 꼭꼭 적어 놓았다.

찌꺽 하는 소리에 그들은 바라보니 유 서방이 곳간 문을 열었다. 그들 중에 몇 사람은 달려가서 조섬을 끌어내어 마개를 뽑고 이미 펴 놓았던 멍석자리에 조를 쇄르르 쏟아 놓았다. 낯익은 그 쇄르르 하는 소리! 그리고 뽀얗게 일어나는 먼지 속에 풀풀 날리는 조겨!

무의식간에 그들은 우르르 밀려가서 좁쌀을 한 줌씩 푹푹 뜨며 들여다보았다. 그리고 입에 넣고 씹어 보았다.

작년 가을에 자기들이 바친 조알은 모두가 한 알 같아서 마치 잘 여문 밤알이나 대추알을 굴려 무는 듯한 옹골찬 맛이 있었는데 이 조알은 어디서 난 것인지 쭉정이 절반으로 굴려 무는 맛이 거분거분하여 마치 조겨를 씹는 듯하였다.

이때까지 비록 장리쌀이나마 가져가게 된다는 기쁨에 잠겼던 그들은 어디 가서 호소할 곳 없는 그런 애석하고도 억울함이 그들의 머리를 찡하니 울려 주었다.

유 서방은 멀뚱멀뚱하고 서로 바라다만 보는 농민들을 돌아보았다.

"어서 그릇을 가지고 한 사람씩 이리로 나오시우."

그제야 그들은 정신이 들어 한 명씩 앞으로 나갔다.

말에 옮겨 그들의 쌀자루로 솨르르 하고 들어오는 좁쌀 흐르는 소리! 그들의 가슴에다 돌을 처넣은들 이에서 더 아플 수가 있으랴!

여기까지 생각한 그는 한숨을 후 쉬며 이마에서 흐른 땀을 쥐어 뿌렸다. 그리고 어린애같이 거두고 귀여워하는 조대를 물끄러미 바라보았다. 순간에 그는 호미 자루를 던진 채 밭길 나가는 그대로 어디든지 가고 싶었다.

"어서 소리나 또 하자."

유 서방이 그들의 침묵을 깨쳤다. 난장보살은 유 서방을 흘금 바라볼 때, 그날 쭉정이 좁쌀을 퍼 주던 유 서방인 것을 새삼스럽게 발견하였다.

"여보슈!"

난장보살은 얼결에 이렇게 유 서방을 보고 소리쳤으나, 그다음 말은 생각나지 않아서 멀뚱멀뚱 바라만 보았다.

그들은 맡은 이랑을 다 매고 딴 이랑을 돌려 잡았다. 이 고랑

에는 조뱅이가 더 많이 우거졌다. 그리고 그 사이에 냉이꽃이
하얗게 덮였다. 싱앗대는 벌컥 일어나서 해를 짐작해 보며,

"해지기 전에 이 밭을 다 맬까?"

하고 혼자 하는 말처럼 중얼거렸다.

"이놈아, 이걸 해지기 전에 못 매어."

난장보살이 싱앗대를 올려다보았다.

"어서 소리나 해유."

첫째가 그들을 바라본다. 싱앗대는 도로 주저앉으며 갑나기
〔農夫歌(농부가)〕를 불렀다.

임 따라가세 임 따라가세
정든 임 따라가세
부러진 다리를 찰찰 끌면서
정든 임 따라가세

"좋다!"

땃버리가 소리치며 흘금 돌아보았다.

"이애 저기 뭐가?"

난장보살은 벌컥 일어났다.

20

그들은 일시에 바라보았다. 어떤 양복쟁이와 굽 높은 구두를 신은 계집이 이편으로 온다. 그들은 호기심에 켕기어 벌떡벌떡 일어났다. 유 서방은,

"여보게들, 그게 우리 주인의 딸 옥점일세."

"뭐야 옥점이! 서울 가서 학당 공부 한다더니 왜 내려왔나?"

"아프다고 왔다네."

"아, 그런데 양복쟁이는 누구여?"

유 서방도 이 물음에는 궁하여 한참이나 생각하다가,

"글쎄 나두 잘 몰라!"

"이애 서울 가더니 서방을 얻어 가지고 왔구나."

난장보살이 이렇게 말하며 길 옆 밭머리에 털썩 주저앉는다.

"제길 어떤 놈은 팔자 좋아 예쁜 색시 얻구, 돈 얻구, 요놈은 평생 홀아비 되라는 팔자인가."

첫째는 슬며시 돌아본다. 난장보살은 거지 안에서 익모초를 말린 담배를 꺼내서 신문지 조각에다 놓고 두르르 말아서 침으로 붙인 후에 붙여 물며 차츰 가까워 오는 양복쟁이와 옥점을 바라보았다.

그들은 곁눈으로 흘금 농부들을 보고 나서 지나친다. 옥점은

머리를 갸웃거리며 무슨 이야긴지 재미나게 하는 모양이다.

"이애 사람 죽이누나!"

그들이 멀리 간 후에, 난장보살은 담배 꼬치를 집어던지며 이렇게 말하였다. 그리고 호미를 쥐고 김을 매기 시작하였다.

한참 후에 땃버리는 난장보살을 툭 치며,

"이 사람아, 자네 요새 장가가고 싶은 모양이네그려."

"어 그래, 이놈 나 장가보내 주겠니?"

땃버리는 생각난다는 듯이,

"아니 유 서방, 선비가 지금 덕호네 집에 있지유?"

"응 있어 왜?"

"그 어디 출가시키지 않으려나유?"

"글쎄! 시키겠지."

싱앗대가 눈을 꿈벅하며,

"뭘, 모르지, 알 수 있나, 그러구저러구 다⋯⋯."

말을 끊으며 유 서방을 쳐다본다. 유 서방은 못 들은 체하고 말았다. 첫째는 그 큰 눈을 번쩍 뜨고 그들의 말을 듣다가 한숨을 푹 쉰다. 난장보살은 비위가 동하여 땃버리를 바라본다.

"그 좀, 자네 중매할 수 없겠나?"

"날 보고 말해 되겠나, 그게야말로 덕호에게 청대야 할 노릇이지."

"아따 이 사람, 그러기에 자네가 중매를 들라는 말이어."

"난 자격이 없네."

"선비는 얼굴도 예쁘지만 맘도 고우니……. 참 그것 신통해."

유 서방은 선비의 자태를 머리에 그리며, 아까 싱앗대가 하던 말을 다시금 생각하였다. 첫째는 여러 사람이 아니면, 유 서방을 붙들고 얼마든지 선비에 대한 말을 묻고 싶었다.

이렇게 잡담을 하며 김을 매던 그들은 해가 꼭 져서야 동네로 들어왔다.

집으로 온 첫째는 저녁을 먹은 후 곧 밖으로 나왔다. 웬일인지 집안에 들어앉았기가 답답해서 못 견딜 지경이다. 그는 어정어정 걸었다. 그리고 아까 난장보살에게서 빼앗아 둔 익모초 담배를 꺼내 붙여 물었다. 한 모금 쑥 빨고 나니, 담배와 같이 향기로운 맛이 없고 맥맥하였다. 그는 휙 집어 뿌렸다.

"이걸 담배라고 다 먹나!"

이렇게 중얼거리며 보니 덕호의 집 울 뒤였다. 그는 요새 밤마다 이 집 주위를 한 번씩 둘러 가곤 하였다. 행여나 선비를 볼까 하여 이렇게 오나 한 번도 이 집 주위서 그를 만나 보지 못하였다. 그러나 저녁을 먹고 나면, 오늘이나 하는 기대를 가지고 또다시 오곤 하였다.

캄캄한 하늘에는 별들이 동동 떴다. 그리고 어디서 불어오는 바람결에 모기 쑥내가 약간 코끝을 흔들어 준다. 그는 어디라 없이 멍하니 바라보며 손으로 허리를 꽉 짚었다.

덕호네 집에서 간혹 무슨 말이 흘러나오나 누구의 음성인지 또는 무슨 말을 하는지 분간할 수가 없다. 그저 호호 하하 웃는 웃음소리만은 저 별을 쳐다보는 듯이 또렷하였다.

그는 이렇게 우두커니 서 있으니 아까 집어던지던 익모초 담배나마 생각키었다. 그래서 거지 안을 뒤져 보니 아무것도 잡히지 않았다. 그는 입맛을 쩍쩍 다시며 풀밭에 털썩 주저앉았다. 밑이 선뜻하여 다는 속이 한결 시원한 듯하였다. 그때 이리로 오는 듯 신발 소리가 나므로 그는 두 눈을 고양이 눈처럼 떴다.

21

가까워지는 신발 소리는 뚝 끊어지며, 울바자 밑에 붙어 서는 소리가 바삭바삭 난다. 그리고 급한 숨결 소리가 여자라는 확신을 그에게 던져 주었다.

그는 일어나는 호기심과 아울러 선비가 아닌가 하는 의문에 역시 가슴이 뛰놀기 시작하였다. 그래서 그는 저편 사람에게 자기가 있는 것을 눈치채이지 못하게 하려고 조금씩 뒷걸음질을 하였다.

또다시 신발 소리는 이편을 향하여 오더니 멈칫 선다. 그리고 숨을 호 하고 쉬었다. 따라서 무엇을 생각하는 듯이 한참이나 우두커니 서 있다. 첫째는 어둠 속으로 어림해 보이는 그의 키와 그리고 몸집을 자세히 훑어보는 순간 선비가 아니냐? 하는 생각이 차츰 농후해졌다. 그는 불과 몇 발걸음 사이를 두고 그립던 선비와 이렇게 마주 섰거니 하는 생각이 울컥 내밀칠 때, 무의식간에 그는 몇 발걸음 내디디었다. 신발 소리를 들은 저편은 질겁을 하여 달아난다. 첫째는 이미 내친걸음이라 그의 뒤를 따랐다.

뛰기로 못 당할 것을 안 계집은 어떤 집으로 쑥 들어가 버렸다. 그는 할 수 없이 그 집 나뭇가리 옆에 붙어 서서 계집이 나오기를 고대하였다. 그러나 계집은 한참이나 지나도 나오지 않는다. 그는 의심이 버쩍 들었다. 혹시 선비가 아닌가? 그럼 누구여? 이 밤중에 그 집에 와서 엿볼 사람이 누굴까? 그는 눈을 감고 한참이나 생각하여 보아도 얼핏 짚이는 사람이 없었다. 그리고 억지로라도 그를 선비라고 하고 싶었다. 그래서 오늘 밤은 기어코 선비를 만나 몇 해 쌓아 두었던 말을 다만 한마디라도 건네고 싶었다.

이제 선비를 만나면 뭐라고 할까? 이렇게 자신을 향하여 물어보았다. 그러나 아무 할 말이 없다. 온 가슴은 선비를 대하여 할 말로 터질 듯한데 막상 하려고 하니 캄캄하였다. 뭐라고 하나……. 너 나하구 살겠니? 하고 물을까? 그것도 말이 안 되었어. 그러면 너 나 알지? '아니, 아니어.' 그는 머리를 좌우로 흔들며 픽 웃어 버렸다. 그리고 여러 가지 말을 생각하며 그 집 문 편만을 주의하였다.

그때 저편에서 지나가는 듯한 신발 소리가 나므로 누가 이 집 앞으로 지나는가 보다 하여 숨을 죽이고 무릎을 쭈그렸다. 마침 신발 소리가 뚝 그치며 술술 하는 소리를 따라 난데없는 물줄기가 그의 얼굴을 향하여 쏟아진다. 그는 주춤 물러서는 순간, 그것이 오줌줄기라는 것을 깨닫자 그는 벌컥 일어나며 이편으로 다가섰다.

"이 자식아, 얻다가 오줌을 누느냐?"

뜻하지 않은 사람의 음성에 저편은 꿈찔 놀라서 오줌을 줄이치고 물러선다.

"거 누구여?"

첫째는 그의 음성에 벌써 누구임을 알았다.

"이 자식아, 얻다가 오줌을 누냐?"

그제야 개똥이는 첫째인 것을 알고,

"아 왜 거게 가 섰느냐? 이 자식아."

첫째는 할 말이 없다. 그래서 우물쭈물하였다. 개똥이는 앞으로 다가서며,

"난 너희 집에 갔댔다."

"왜?"

"내일 우리 김 좀 매 달라구."

"나 벌써 명구네 김 매 주겠다고 말했다야."

"응, 명구네. 거 안되었네, 품 한 명이 꼭 모자란데."

그때 문소리가 나며 초롱불이 나온다. 그들은 멍하니 바라보았다.

"어두운데 잘 건너가우."

개똥 어머니의 말이다.

"네."

첫째는 선비의 음성인가 하였다. 그리고 개똥이가 아니면 쫓아가겠는데, 그럴 수도 없고 해서 머뭇머뭇하고 서 있었다. 초롱불은 첫째를 비웃는 듯이 조롱하는 듯이 까뭇까뭇 숨바꼭질을 한다. 첫째는 가슴이 죄어서 한 발 내디디었을 때,

"어마이, 거 누구여?"

개똥이가 묻는다.

"응. 너 왜 거게 가 섰니?"

개똥 어머니는 이편으로 오는 모양이다.

"간난이구나, 그 애가 이 밤에 왜 왔을까?"

"간난이?"

첫째는 놀란 듯이 버럭 소리를 질렀다. 개똥 어머니는 멈칫 선다.

"거 누구니?"

"나유."

"응 첫째인가."

"간난이가 뭐 하러 우리 집에를 왔어?"

"글쎄 말이다, 혹 덕호가 보냈는지?"

첫째는 멍하니 마지막 사라지는 초롱불을 바라보았다. 그리고 이맛가의 오줌을 씻어 내며 터벅터벅 걸었다.

22

첫째는 무정처하고 걷다가 다시 덕호의 집 주위를 한 바퀴 돌아서 그의 집으로 왔다.

그러나 방으로 들어가고 싶지는 않아서 마당가에서 어정어정 돌아다니다가 나뭇가리 옆에 펄썩 주저앉았다. 혹 하고 끼치는 나무 썩은 내를 맡으며, 아까 개똥이의 오줌을 받은 기억이 떠올라 무의식간에 그의 손은 이맛가를 만졌다. 따라서 뭐라고 말할 수 없는 울분이 울컥 치미는 것을 깨달았다.

그는 나뭇가리에 몸을 기대며 고놈의 계집애는 도무지 볼 수가 없으니 웬일이어, 어디 앓지나 않는지? 하고 생각할 때 그의 눈 위에서 빛나던 그중 큰 별 하나가 꼬리를 길게 달고 까뭇 사라진다. 그는 그 별이 사라진 곳을 멍하니 바라보며 선비 눈둥의 검은 사마귀를 생각하였다. 티 없이 밝은 얼굴에 빛나는 그 검은 사마귀! 그것은 흡사히 이제 사라진 그 별과 같았다. 그는 한숨을 길게 쉬며 눈을 꾹 감았다. 감으면 감을수록 더 또렷이 나타나는 그 검은 사마귀! 이놈의 계집애를……, 하며 첫째는 벌떡 일어났다. 그때 저편으로부터 신발 소리가 났다. 그는 공연히 화가 치받친다.

"거 누구유?"

버럭 소리를 질렀다.

"첫째냐? 난 널 자꾸 찾아다녔구나, 여기 있는 것을 모르고……. 왜 거기 가 있냐?"

이 서방은 헐떡헐떡하면서 첫째의 곁으로 와서 그의 손을 끌고 방으로 들어왔다. 첫째는 일어나는 화를 참으며 씩씩하였다. 이 서방은,

"첫째야!"

부르고 나서 그의 곁으로 바싹 다가앉았다. 첫째는 귀찮다는 듯이 조금 물러앉으며 벌렁 누워 버렸다. 이 서방은 그의 이마를 짚으며,

"너 요새 뭐 생각하는 것 있지?"

첫째는 얼른 선비를 머리에 그리며, 이 서방의 손이 거북하였다. 그래서 손을 물리치며 돌아누웠다. 한참 후에 이 서방은,

"너 자냐?"

"아니."

"너 요새 왜 잠두 안 자고 다니니?"

"잠이 안 오니께."

"왜, 잠이 안 와?"

"……."

뭐라고 말을 하렸으나 입이 꽉 붙고 만다. 이 서방은,

"첫째야, 네가 내게 숨길 것이 뭐냐, 말하면 내 힘 미치는 데까지는 힘써 보자꾸나."

이 서방도 첫째가 어떤 계집을 생각해서 이렇게 잠도 못 자고 다니는 것을 짐작은 했으나, 어떤 계집인지를 꼭 알지 못하였다. 그래서 그 계집을 첫째에게서 알아 가지고, 될 수 있는 대로 힘써 보자는 것이다. 만일 저대로 방임해 두면 첫째는 불일간에 무슨 병에 걸려들지 않으면 무슨 변이라도 낼 듯싶었던 것이다.

첫째는 언제까지나 잠잠하고 있다. 이 서방은 바싹 다가가 누웠다.

"너 어떤 계집을 생각하지, 아마?"

첫째는 계집이란 말에 그의 얼굴이 화끈 달며 선비의 그 고운 자태가 스르르 떠오른다. 그는 그만 돌아누웠다.

"자자우, 이 서방."

말하지 않을 것을 안 이 서방은 훗날에 천천히 물어보리라 하고, 그만 잠이 들고 말았다.

첫째는 이런 생각 저런 생각에 그 밤을 새우고, 어슬어슬하여 일어나 앉았다. 그때 안방 문이 가만히 열리는 소리가 들린다. 첫째는 어떤 놈이 또 와 잤군, 하고 생각하며 장성한 아들을 둔 그의 어머니의 행동이 끝없이 원망스러웠다.

"안녕히 가세요."

"음."

"언제 또 오시겠수?"

"글쎄 봐야 알지."

소곤거리는 유 서방의 음성이다. 그는 도리어 반가운 생각이 들어 벌컥 일어났다. 그리고 방문을 열었을 때,

"너 왜 벌써 일어나니?"

이 서방이 일어나며 그의 꽁무니를 꾹 붙들었다. 이 서방은

첫째가 달려 나가서 무슨 행패를 할까 하는 불안에서 이렇게 붙들었던 것이다.

그러자 벌써 첫째 어머니는 문을 지치고 들어온다. 첫째는 그의 어머니를 노려보다가,

"어머니!"

자거니 하였던 첫째의 음성에 그의 어머니는 놀라 멈칫 섰다. 그리고 첫째가 성이 나서 뛰어나오는 것 같아서 뒤로 비슬비슬 물러섰다.

이 서방은 이 경우에 모자의 불평을 어떻게 완화시킬지 몰라 한참이나 생각하였다. 문을 열고 아무 말 없이 그의 어머니를 노려보던 첫째는 방문을 쾅 닫고 그 자리에 주저앉았다. 그제야 이 서방도 물러앉는다.

23

신철을 따라 몽금포에 내려가서 해수욕을 하고 올라온 옥점은 오늘 아침차로 상경하겠다는 신철을 만 가지 권유로 겨우 붙들었다. 신철은 옥점보다도 덕호가 애써 말리는 데 못 이기는 체하고 떠나지 않았으나 실은 웬일인지 그렇게 쉽게 이 집을 떠

나고 싶지 않았던 것이다.

남의 집에 와서 하루 이틀도 아니요, 거의 달지경이 되어 오니까 미안함에서 상경하겠다고 하였던 것이다. 옥점은 신철의 남성다운 체격을 웃음을 머금고 바라보았다.

"우리 참외막에 가 볼까요?"

"글쎄요. 우리 둘이 가는 것이 좀……."

옥점은 냉큼,

"그럼 누구 또 말씀해 보세요?"

그의 속을 뚫고 보려는 듯한 옥점의 강한 시선을 그는 약간 피하였다.

"아버지든지 혹은 어머니도 좋구요."

"정말?"

"그러면요, 우리 둘만은 이런 시골에서는 좀 재미없지 않아요?"

"하긴 그래요, 그럼 어머니를 가자구 할까?"

"그것은 옥점 씨 생각에 맡깁니다."

옥점은 호호 웃으며 냉큼 일어나 안방으로 건너갔다. 신철은 책상 앞에 조금 다가앉아서, 면경 속에 얼굴을 비추어보며 무심히 밖을 내다보았다. 그때 선비가 빨래 함지를 이고 부엌으로부터 나왔다. 신철은 얼른 몸을 똑바로 가지고, 지나치는 그의 왼

편 볼을 뚫어지도록 보았다. 그가 중대문을 넘어가는 신발 소리를 들으며, 빨래를 하러 가는 모양인데, 하고 생각할 때, 이상한 광채가 그의 눈가를 스쳐갔다.

그가 이 집에 온 지 거의 두 달이 되어 와도 저렇게 먼빛으로 선비를 대할 뿐이고, 한 번도 한자리에 앉아 말을 건네어 보지 못하였다. 그만큼 그는 선비에게 어떤 호기심을 두었다. 그리고 특히 그의 와이셔츠나 혹은 내의 같은 것을 빨아 다려 오는 것을 보면, 어떻게 그리 정밀하고 얌전스럽게 해 오는지 몰랐다. 그때마다 그는 이런 아내를 얻었으면, 하는 생각이 옷 갈피갈피를 뒤질 때마다 부쩍 들곤 하였다.

그리고 그의 고운 자태! 눈등의 검은 점. 그의 머리에 강한 인상을 던져 주었다. 그와 말이나 해 보았으면……. 그는 이러한 생각을 하면서, 어떻게 하든지 오늘 냇가에만 가면 그를 만날 수가 있을 터인데 어떻게 뭐라고 핑계를 대고 옥점을 떨어치나가 문제되었다.

옥점이 건너오며,

"어머니가 가시겠다오."

"예, 좋습니다."

이렇게 선뜻 대답을 하고도 신철은 엉덩이가 잘 떨어지지 않는다.

"어서 일어나요, 더웁기 전에 가요."

신철은 무슨 생각을 잠깐 하다가,

"아버지도 모시고 가는 것이 어때요."

"아이! 아버지는 뭐라구."

핼끔 쳐다보며 웃는다. 그도 빙긋이 웃으며,

"노인네 부부도 산보해야지요, 하하."

옥점도 호호 웃었다. 그리고 아버지와 어머니 앞에 자기들이 가지런히 서서 가는 것도 그럴듯한 일이었다.

"그럼 모시고 갈까. 아이 아랫집에서 안 올라오셨을 게요."

옥점은 통통걸음을 쳐서 사랑으로 나간다. 신철은 그의 나가는 뒷모양을 바라보면서 선비가 혼자서 빨래를 갔는가? 하였다. 옥점은 곧 돌아 들어왔다.

"아버지가 안 오셔서⋯⋯."

그제야 신철은 벌컥 일어났다. 그리고 벽에 있는 모자를 벗겨 쓰며,

"내, 아버지는 모시고 갈 것이니 어서 먼저들 가시오. 저번 갔던 그 막이지?"

옥점은 약간 싫은 빛을 띠었으나 얼른 웃어 버렸다.

"그만둬요, 아버질랑."

"글쎄 어서 가요. 내 가서 모시고 올라가리다."

신철은 밖으로 나왔다. 뜨거운 볕이 그의 전신을 후끈하게 하였다. 그는 큰대문을 나서며 어떻게 할까? 하고 우뚝 섰다.

24

신철은 어떻게 하든지 옥점만을 떨어칠 양으로 이렇게 서두르고 나오기는 했으나 막상 나오고 보니 어떻게 해서 선비를 교묘히 만나 볼까가 큰 걱정이다.

우선 그는 멀리 보이는 원소의 숲을 바라보았다. 그리고 덕호가 첩살림하고 있는 아랫마을을 돌아보았다. 따라서 옥점과 같이 갈 참외막 있는 앞벌도 바라보았다.

그러자 옥점과 그의 어머니가 나온다.

"왜 안 가셨수?"

옥점은 물빛 양장에 밀짚모를 꼭 눌러 썼다. 그의 어머니는 딸과 신철을 바라보며 언제 웃을지 몰라 입을 벌리고 있다. 비록 정식으로 말은 건네지 않았으나 이 둘을 장래 부부로 인정하였던 것이다.

"아버지한테도 같이 가려구요?"

"뭘, 나허구? 난 안 가요. 그년의 계집애 보기 싫어서."

옥점은 횡 돌아간다. 신철은 옥점의 이러한 대답을 듣기 위하여 부러 물었던 것이다.

"왜 그래요? 그이도 어머니가 되겠지우."

"아라마, 이야다와(어머 싫어요.)."

이렇게 소리치며 어머니의 손을 끌고 간다. 몇 발걸음 걸어 나가던 옥점은 돌아보았다.

"얼른 모시고 와요, 그리로……. 기다리고 있을 것이니."

이 순간에 그는 급한 숨결을 겨우 억제하였다. 모든 일이 자기가 상상하였던 것보다 예상 이외에 순조로 진행되었던 것이다. 신철은 뛰는 가슴을 진정하며 옥점의 뒤를 슬금슬금 따랐다.

옥점이 동구를 벗어나며 이편을 돌아본다. 그리고 무어라고 손질을 두어 번 치고 메밀밭 뒤로 사라진다. 신철은 한숨을 후유 하고 쉬었다. 만사는 이제부터다 하고 그는 아무 거침없이 원소를 바라보고 급히 걸었다.

원소의 숲이 가까워질수록 그의 숨결은 몹시도 뛰었다. 그리고 불행히 옥점이 그의 뒤를 따르지 않는가 하여 자주자주 뒤를 돌아보았다.

물소리가 졸졸졸졸 한다. 그는 우뚝 섰다. 그리고 버드나무숲을 헤치고 가만히 들어섰다. 길길이 늘어진 버들가지가 그의 어깨를 서늘하게 스치었다. 그는 나무 밑에 꼭 숨어 서서 사람이 있는가 없는가를 훑어보았다.

뚝 그쳤던 방망이 소리가 청청 울려온다. 그 소리는 이 고요한 숲을 한층 더 고요하게 하였다. 그는 방망이 소리를 따라 시선을 옮기니, 버드나무숲에 가리어 잘 보이지는 않으나, 방망이 소리를 타고 오는 음향은 선비의 존재를 확신케 하였다. 그는 차츰차츰 그편으로 갔다. 선비의 바른편 볼이 둥그렇게 나타나 보인다. 신철은 멈칫 섰다. 그리고 다시 한 번 뒤를 돌아보았다. 따라서 선비를 만나 무슨 말을 할까 하고 생각해 보았다. 그러나 할 말이 있는 듯하고도 또다시 생각하면 아무 할 말이 없었다. 어떻게 하누? 다시 한 번 망설였다. 이제는 발길까지 무거워지고 그리고 숨결이 무섭게 뛰놀았다.

그가 동무를 따라 카페 같은 데도 더러 다녔으나 이렇게 여자를 어렵게 대하여 보기는 처음이었다.

방망이 소리가 뚝 끊어지며 빨래를 헹구는 모양인지 절벅하는 물소리가 들린다. 그는 버드나무에 몸을 기대어 에라, 돌아가자! 내가 이게 무슨 짓이냐, 그와 말은 해 봐서 뭘 하는 게야 하고 발길을 돌리렸으나 발이 꽉 붙어 떨어지지 않는다. 그는 눈을 꾹 감았다. 그리고 지금 막에서 기다릴 옥점을 생각하였다. 그러나 옥점의 환영은 차츰 희미하게 사라지고, 선비의 얼굴이 뚜렷이 보인다.

"내가 이게 웬일이야, 며칠지간에."

이렇게 중얼거리며 획 일어났다. 그리고 흐르는 물속으로 빛나는 차돌을 물끄러미 들여다보았다. 지금 아버지는 내가 몽금포에서 수양하고 있는 줄 알 터이지 하는 생각이 버쩍 들자 그는 머리를 돌려 버렸다. 그때에 무심히 앞에 늘어진 버들가지 하나를 잡아 뚝 꺾었다. 그리고 손이 아프도록 잎을 죽 훑어서 후르르 물 위에 뿌리며 천천히 내려왔다.

그는 참외막까지 왔을 때 갑자기 우뚝 섰다. 덕호를 데리고 온다고 옥점을 떨어치던 자기를 새삼스럽게 발견하였던 것이다. 옥점은 막에서 달려 내려온다.

"왜 혼자 오우?"

그는 잠깐 주저하다가,

"그만 중도에 가기 싫기에 오구 말었수. 그 뭐……."

얼굴이 약간 붉어졌다. 옥점은 말똥말똥 쳐다보다가,

"어서 저리로 올라갑시다. 내가 참외 맛있는 것으로 골라 두었수."

25

신철은 옥점을 따라 몇 발걸음 옮겨 놓다가 무심히 바라보니 참외 덩굴 아래로 어린애 머리만큼이나 한 참외들이 수북하였다. 그는 얼른 그리로 가서 참외를 만져 보았다. 그리고 모자를 벗어 부채질을 하며,

"이거 보우, 이거 참 시골이 좋기는 하다니!"

옥점은 휘끈 돌아보며 머뭇머뭇하다가 온다.

"아이 더워요. 어서 저리로 가요."

옥점의 코밑에 땀방울이 방울방울 맺혔다. 신철은 가뿐 숨이나 쉬어 가지고 막으로 올라가려고 밭머리에 펄썩 주저앉았다. 옥점의 어머니는 기웃하여 내다본다. 옥점은 얼굴을 찡그렸다.

"아이, 거게 가 앉아?"

신철은 모자로 해를 가리며 이마의 땀을 씻었다. 그리고 한숨을 푹 쉬었다. 옥점은 그의 쩍 벌어진 양어깨를 바라보며, 자기 같으면 저렇게 외면하고 앉을 것 같지 않았다. 그동안이라도 서로 얼굴을 보지 못하는 것이 갑갑해서 옥점은 쓸쓸하였다.

신철은 벌떡 일어나더니 저편으로 충충 걸어간다. 그리고 풀숲에서 무엇을 찾는 모양이더니 딸기 한 송이를 가지째 꺾어 들고 벙글벙글 웃으며 온다. 옥점은 달려가며,

"그게 어디 가 있수? 아이, 빛이 곱지."

신철의 손에서 빼앗으며, 옥점은 갸웃하고 한참이나 들여다보더니,

"고레 아나타노 하트(이게 당신의 마음)?"

얼굴을 약간 붉히며 쳐다본다. 신철은 옥점의 얼굴을 거쳐 딸기를 보았다. 그때 그는 이상한 충동을 느꼈다.

"올라가요, 어서 저리로."

옥점은 앞섰다. 신철도 그의 뒤를 따라 막으로 올라갔다. 옥점 어머니는 귀여운 듯이 그들을 번갈아 보며,

"왜? 안 오시겠다고 헙데까?"

옥점은 참외를 고르며,

"그 계집애 꼴 보려고 거길 가!"

신철을 흘금 쳐다보며 어머니를 돌아본다. 그의 어머니는 약간 섭섭함을 느끼며,

"그럼 더운데……."

하고 웃음으로 쓸어치고 말았다.

"이게 달 것이라지? 어머니."

옥점은 참외를 들어 보인다.

"그래, 깎아 보렴."

그는 칼을 들어 반을 갈랐다. 속이 새파란데, 꿀내 같은 내가

물큰 올라온다.

"이것 보우, 참말 달겠수."

옥점은 참외를 들어 보이며 껍질을 벗겼다. 그리고 신철에게
주었다. 그는 받으며,

"어머니에게 올리시구려!"

"어서 받아요."

눈을 햄끗해 보면서 칼을 내친다. 그리고 곁에 놓았던 딸기
송이를 들며 생긋 웃었다. 이것은 신철이 자기에게 주는 사랑의
선물인 것 같았던 것이다. 그는 딸기 송이를 들고 이리저리 보
다가 모자에 꽂았다.

"이거 봐요, 곱지?"

옥점 어머니는 깜박 졸음이 오다가 옥점의 말에 놀라 바라보
았다.

"그게 웬 딸기가?"

"아이, 입때 어머니는 못 보셨수? 호호."

어머니를 바라보는 옥점은,

"어머니? 졸음이 오나 봐."

낮이 기울어지면 옥점 어머니는 자는 버릇이 있다. 그의 어머
니는 눈을 썩썩 비볐다.

"들어가자."

"아이 벌써? 어머니는 먼저 가구려."

그의 어머니는 괴로운 모양인지 그만 부스스 일어난다.

"놀다가 오시우, 난 먼저 가우."

"왜, 같이 들어가시지요."

신철은 옥점 어머니의 뒤를 따라 막 아래까지 내려가서 공손히 인사를 하였다. 옥점은 막 위에서 이 모양을 바라보며,

"아나타와 바카쇼지키와네(당신은 고지식도 하셔.)."

호호 웃었다. 옥점 어머니는 신철을 다시금 돌아보며 사위가 정말 되면 좋으련만 하고 생각하였다.

막으로 올라오니, 옥점은 모자를 쓰며 딸기 송이를 보았다.

"어때요?"

"좋구면요. 그만 먹지, 먹고 싶구면."

옥점은 모자를 벗어 들고 딸기 송이를 따서 신철이 손에 놓아주며 그도 한 알 물었다. 빨간 물이 옥점의 입술을 물들일 때, 신철은 아까 옥점이 하던 말을 다시금 생각하였다. 그리고 그는 아쉬운 생각과 함께 빨래질하던 선비의 자태가 획 떠오른다. 그리고 그가 뿌리고 온 버들잎 하나가 선비의 손끝을 스치었으련만, 그는 무심히도 버들잎을 치워 버렸으리라! 하였다.

26

"뭘 생각하시우?"

옥점이 바싹 다가앉는다. 신철은 얼른 수숫대 위로 뭉실뭉실 피어오르는 구름을 가리켰다.

"저것 보우, 참 좋아."

옥점이도 그편을 바라보았다.

"제법 시인이 되랴나 봐."

"시인?"

무심히 내친 이 말이 그의 가슴폭을 선뜻 찔러 주는 듯하였다. 그는 참말 요새같이 감정이 예민해 가다가는 큰일이라고 생각되었다.

그가 학교에서 휴가를 맡고 이렇게 오게 된 것도 신경이 약하였기 때문인데, 수양하러 온다고 와 놓고는 돌연히 사귄 이 여자로 말미암아 자기의 수양은 어디로 달아나고 말았다. 더구나 나날이 일어나는 이 번민! 이것은 자기 스스로는 도저히 억제치 못할 것 같았다.

처음에 기차간에서 이 여자를 만날 때에는 다소의 흥미도 가졌지마는, 불과 며칠이 지나지 못해서 다만 일시일시로 데리고 나 놀 여자지, 오래 사귀어 놀 여자가 되지 못할 것을 곧 알았다.

그러나 그는 웬일인지 이 집을 떠나기 싫고, 이 동네를 떠나기 싫었다. 그래서 몽금포에 가서도 오래 있지 못하고 곧 올라왔던 것이다.

옥점은 피어오르는 구름을 한참이나 보다가 흘금 신철을 보았다. 구름을 바라보는 그의 눈! 그 새를 타고 내려온 쇠로 만든 듯한 그의 코는 확실히 그의 이지를 대표한 듯하였다.

지금 그의 어머니나 그의 아버지까지도 신철을 장래 사윗감으로 인정하는 모양인데, 보다도 현재 자기들의 이면에는 내약이 있는 것으로 인정하는 것 같았다. 그런데 실상 자기들 사이는 이때까지 아무러한 내약도 없었으며 그러한 눈치도 서로 보이지 않았다. 옥점은 초조하였다. 그러나 저편에서 시치미를 떼고 있는데, 먼저 대들기도 무엇하여 눈치만 살살 보는 중이었던 것이다.

"무슨 이야기든지 하세요."

신철은 돌아보았다. 그리고 무슨 말을 할 듯 할 듯하다가 그만 웃어 버린다.

"아이 하세요. 무슨 이야기를 하시려고 그래서요. 이제 꼭 대줘요."

어린애처럼 보챈다. 신철은 조금 물러앉았다.

"옥점 씨, 이담에 어떤 곳에서 살고 싶어요? 말하자면 서울 같은 도회지에서 혹은 이러한 농촌에서?"

뜻하지 않은 이 물음에 옥점은 머리를 갸웃하고 한참이나 생각하다가,

"그것 왜 물으세요?"

"심심하니까 이야기 삼아 묻는 게지요."

"신철 씨는 어떤 곳에서?"

"나요? 글쎄 어떤 곳이 좋을까. 내가 먼저 물었으니 먼저 대답하세요."

"나는 신철 씨가 좋아하는 곳에서."

말끝이 입속으로 숨어든다. 그리고 귀밑까지 빨개지며 그는 머리를 돌렸다. 이것을 바라보는 신철은, 이 여자가 자기를 사랑하는 셈인가? 하는 생각이 불쑥 들었다. 그리고 '고레 아나타 노 하트?' 하고 그가 하던 말을 다시금 생각하는 신철은,

"그래요, 참 고마운 말씀이구려. 그럼 우리 한동네서 삽시다. 이렇게 한적한 농촌에서 저런 참외며 조며 콩 팥을 심어 가면서 삽시다, 우리. 오작이나 재미나겠수."

그는 눈치를 채지 못한 체하고 이렇게 말하였다. 옥점은 생긋 웃으며,

"그럼 이런 시골이 좋으세요?"

"네, 저는 이런 곳이 좋아요. 김도 매고 온갖 가축을 기르면서

사는 것이 좋지요."

"에이!"

옥점은 그가 거짓말을 하는 듯하여 멍하니 바라보았다. 그러나 신철은 웃지도 않고 그를 마주 보았다.

"뭐, 김을 매시겠어요?"

"그러면요, 김매는 것 좋지요."

"참······. 우스워 죽겠네."

"왜 그러셔요?"

신철은 눈을 크게 떴다.

"김을 매구 어떻게 살아요! 그렇게 할 바에는······."

중도에 말을 끊었다. 신철은 빙긋이 웃었다.

"그러면 옥점 씨는 시골서 사실 생각이 아니십니다그려."

"에이! 참."

옥점은 원망스럽다는 듯이 그를 노려보았다. 그리고 손톱 끝을 물어뜯으며, 그의 안타까운 그 맘을 어째서 신철이 몰라주는가 하니, 그는 달려들어 신철을 쥐어뜯고라도 싶었다. 그래서 그는 머리를 번쩍 들었다.

27

신철은 여전히 저 앞을 바라보았다. 씨앗에서 몰려나오는 듯한 솜 같은 구름은 이젠 큰 산맥을 이루어서 그 높은 불타산 위를 눈이 부시게 둘러치고 있다.

옥점은 신철을 바라보며 무어라고 말을 하렸으나, 곁에 있는 자기라는 존재를 전연히 잊은 듯이 하늘만 쳐다보는 신철의 그 표정은, 끝까지 원망스러운 반면에 또한 극도의 위압에 눌리어 말끝이 쑥 들어가 버리고 말았다.

"들어가요, 그만."

신철은 돌아보았다.

"그럼 갑시다."

성큼 일어난다. 옥점은 말을 하자노라니 이런 말이 쑥 나갔으나 실은 이 자리를 떠나고 싶지 않았다. 그리고 좀 더 신철의 맘을 엿보는 동시에 여기서 어떤 해결을 보았으면 하는 생각이 희미하게 들었다. 그러나 신철은 아무 미련 없이 양복바지를 툭툭 털며 그 거대한 몸을 사다리 위에 신는다. 그리고 벌벌 기어 내려간다. 옥점은 맘대로 하면, 내려가는 그의 엉덩이를 발길로 차서 떨어치고 싶었다. 막 아래로 내려간 신철은 양복을 툭툭 털며 몸매를 휘돌아본 후에,

"어서 내려오시우."

옥점은 웬일인지 울음이 쏠려 나오는 것을 입술을 꼭 깨물고
참았다.

"어서 혼자 들어가세요!"

"언제는 가자고 하더니 또 이러시우?"

신철은 눈가로 약간 웃음을 띠며 이런 말을 하였다. 신철이
웃는 것을 보니 좀 더 성은 나면서도 그는 따라 웃지 않고는 견
디지 못하였다. 그래서 픽 웃고 내려왔다.

막 주인은 어디 가 숨었다가 이제야 어슬어슬 참외밭으로 나
온다. 그들은 참외 값을 치르고 나서 길로 나왔다.

"이거 봐요, 동네 들어갈 때는 떨어져 들어갑시다."

한참이나 걷던 신철은 옥점을 돌아보았다.

"왜요?"

옥점의 눈가는 빨개진다.

"창피하니까."

"무엇이 창피해요?"

"애들이 따르고 개들이 짖고, 허허."

뜻밖의 말에 옥점은 호호 웃었다. 그러나 가슴은 무어라고 형
용할 수 없이 바작바작 죄어들어서 목이라도 놓고 울고 싶었다.

수수밭 옆을 지나며 신철은,

"어떻게 할 테우?"

"뭘요?"

옥점은 눈이 둥그레진다.

"옥점 씨가 먼저 가시겠수, 날 먼저 가라우?"

옥점은 한숨을 푹 쉬며,

"뭘 어때요. 그까짓 것들 무서워서 그러셔요, 아이 참."

옥점은 무심히 수수잎을 뜯어 입에 문다. 그의 양장한 몸에 수숫대 그림자가 길게 걸어 나가는 것을 신철은 보았다.

"무섭지요. 세상에 농민들에게서 더 무서운 인간들이 있겠습니까. 어서 먼저 들어가세요."

옥점은 말없이 뽀로통하고 섰더니, 들었던 수숫잎을 휙 뿌리며 휑 돌아섰다.

"그럼 곧 들어오세요."

돌아도 보지 않고 이런 말을 한 후에 옥점은 수수밭을 지나 논둑을 타고 가물가물 멀어진다. 신철은 그의 뒷모양을 물끄러미 바라보다가 풀밭에 주저앉았다. 따라서 원소의 숲이 떠오르며 이젠 선비가 들어갔을 터이지 하고 생각하였다.

이렇게 석양이 되니 몽금포에서 보던 낙조가 그리워진다. 그 망망한 서해에 한 줄기의 커다란 불기둥을 지르고 넘어가던 그 태양 앞에 가슴을 헤치고 섰던 자기가 어떤 명화를 대하는 듯이 떠오른다. 그리고 끊임없이 쏴쏴 하고 바위에 부딪치는 그 물결 소리……. 그 소리를 타고 늠실늠실 넘어오는 고깃배 사공들의 '어이야, 어이야' 하는 노 젓는 소리가 금시로 들리는 듯하였다.

그는 빙긋이 웃었다. 멀리 낙조를 바라보며 옥점이 안달 나 덤비던 장면이 떠올랐던 것이다. 그러나 그는 모른 체하고 그 고비를 넘겨 버렸다. 옥점이 그러한 태도를 그에게 보이면 보일 수록 그의 가슴은 이상하게도 얼음같이 차지는 반면에 흥미가 진진하였다. 그리고 다시 오늘 막에서 지내던 일을 생각하며 어느덧 원소의 숲에서 청청 하고 울려 나오던 빨래 소리를 들었다. 그는 지금 눈앞에 선비의 청초한 자태를 보았다. 인간은 일 하는 곳에서만 진실과 우미를 발견할 수 있는 모양이다! 하고 그는 생각하였다.

무엇이 그의 볼을 툭 치매 그는 놀라 바라보았다.

28

메뚜기 한 마리가 그 푸른 날개를 활짝 펴고 푸르릉 하고 저 편 풀숲에 사라진다.

그는 무의식간에 볼을 어루만지며 벌컥 일어났다. 그리고 내일 몽금포나 또 가서 며칠 있다가 상경할까 하고 생각하였다.

그가 동구까지 왔을 때, 유 서방이 어슬어슬 나온다.

"어서 들어오시랍니다."

신철은 머리를 굽혀 보이고 집으로 들어왔다. 옥점은 마루에
섰다가 신철을 보고 생긋 웃었다.

"꽤두 오래 오십니다."

그새 보지 못하였다가 보니 또 새로운 정이 그의 거대한 몸을
휩싸고 도는 것을 앞이 캄캄하도록 느꼈던 것이다.

"세수하시려우?"

신철은 부엌 편을 흘금 바라보며 머리를 좌우로 흔들었다. 옥
점은 안방으로 들어가며,

"이리 들어오세요."

분홍빛 수건을 내어 방으로 들어앉는 신철의 무릎에 던진다.
향수 내가 물큰 스친다. 신철은 수건을 머리맡으로 물려 놓으며
뒤뜰을 바라보았다. 울바자 끝에 흰 빨래가 눈이 와서 덮인 것
처럼 새하얗다. 그중에 그의 와이셔츠가 얼핏 눈에 띄었다.

"집에서는 누가 빨래하시우?"

옥점은 냉큼,

"선……, 저 할멈이 해요, 왜?"

말끄러미 쳐다본다.

"옥점 씨는 빨래 안 해 보셨습니까?"

옥점은 잠깐 주저하다가,

"난 안 해 봤어요."

뒤뜰에서 그의 어머니가,

"아이 그게 빨래가 다 뭐유, 집안의 일을 손끝으로나 대 보는 줄 아시우? 호호."

어쨌든 귀여운 모양이다. 더구나 자기 딸이 일해 보지 못한 것을 자랑거리로 아는 모양이다. 신철은 빙긋이 웃을 뿐이다. 옥점은 그 웃음이 웬일인지 불쾌하였다.

뒤뜰 장독 뒤로 백도라지꽃이 머리를 다소곳하였다. 그 뒤로 수세미외 덩굴이 울바자를 타고 보기 좋게 뻗쳐 올라가며 노란 꽃이 여기저기 피었다.

"저기 무슨 꽃이야요?"

신철은 백도라지꽃을 가리켰다. 옥점은 손을 통하여 바라보더니,

"응 저 꽃? 백도라지여요. 저 백도라지가 약이 된다나요. 그래서 일부러 유 서방이 캐다 심은 게라오."

"네, 저 수세미, 오이도?"

"그것은 선비년이 다 심은 게라오."

그의 어머니가 대답한다. 옥점은 선비라는 이름만 신철의 앞

에서 불러도 불쾌하였다. 신철은 옥점이 아니면 뛰어나가서 그 꽃을 꺾어 볼 위에 대고 싶으리만큼 귀여움을 느꼈다.

마침 바자 밖으로부터 이런 소리가 들렸다.

앉을방 줄방
파리 잡아 줄방

그들은 가만히 귀를 기울였다. 그 노래는 차츰 바자 곁으로 오더니 뚝 그친다. 그리고 울바자에 세운 기둥 끝을 향하여 잠자리채가 올라온다. 뒤미처 잠자리 한 마리가 채에 얽혀 들어 푸득거린다. 바자 밖에는 갑자기 애들의 환호소리가 "으아!" 하고 쏟아져 나왔다.

앉을방 줄방
파리 잡아 줄방

또다시 이런 노래가 멀리 사라진다. 신철은 그 노래가 끊어진 후에 비로소 자기가 장성하였음을 새삼스럽게 깨달았다. 그는 무의식간에 한숨을 가볍게 내쉬었다.

"우리도 어렸을 때 저런 일을 했어요."

옥점은 눈에 웃음을 가득히 띠고 신철을 쳐다보았다.

그날 밤, 신철은 밤 오래 놀다가 자리에 누웠으나 잠 한 잠 들 수가 없었다. 그래서 이리 뒤척 저리 뒤척 하고 누웠으려니 온 몸이 쑤시는 것 같고 더구나 전신에서 땀이 부진부진 나서 못 견딜 지경이다. 그래서 그는 부스스 일어앉았다. 그리고 문을 가만히 열고 내다보았다.

처마 그림자가 뜰 위에 뚜렷이 아로새겨졌다. 그는 무의식간 에 달이 밝기도 하다 하고, 머리를 기웃하여 하늘을 쳐다보았 다. 그러나 달은 지붕을 넘어간 까닭에 잘 보이지 않았다. 그는 옷을 주워 입고 밖으로 나왔다.

안방을 살펴보니 잠든 모양인지 잠잠하였다. 그리고 오직 마 루 아래로 놓인 옥점 어머니의 흰 고무신이 달빛에 윤택하게 보 일 뿐이다. 그는 변소간을 향하고 걸었다.

29

그가 변소까지 왔을 때 우뚝 섰다. 할멈 방문이 불빛에 빨개 있었기 때문이다. 아직도 안 자나? 밤이 오랬는데 하고, 그는 어 떤 희망을 가늘게 느끼며 뒤를 휘휘 돌아보고 방문 앞까지 왔다. 그래서 그는 문틈이 어디가 났는가 하고 두루두루 찾아보았으나 바늘구멍만 한 구멍도 발견하지 못하였다. 그는 귀를 기울였다. 누가 아직 자지 않나? 혹은 할멈과 선비가 다 깨어 있나? 그렇지 않으면 선비만 자지 않는가, 혹은 할멈만 자지 않는가? 누가 자지 않는 것만 알아도 좋겠는데, 도무지 알 길이 없다.

그는 누가 볼까? 조바심하여 그만 변소 앞으로 왔다. 그리고 무슨 이야기 소리가 나는가 하여 한참이나 귀를 기울였다.

그러나 말소리는 들리지 않고 무슨 옷 갈피를 뒤지는 소리가 부스스 들릴 뿐이다. 그는 변소간으로 들어갔다. 그래서 할멈 방에 누가 자지 않는 것을 어떻게 알까 하고 이리저리 궁리하였다. 그리고 웬일인지 선비가 아직까지도 자지 않고 일을 하는 것만 같았다.

선비, 그 이름만이라도 왜 그렇게 곱고 부드럽게 불러지는지 몰랐다. 그리고 항상 내리뜨는 겸손한 그 눈가로 안개가 서려 있는 듯한 그 눈매, 그는 맘대로 하면 당장에 저 얄미운 문짝을 집어 젖히고 들어가고 싶었다. 그러나 그것은 도저히 할 수 없는 일이었다. 내가 왜? 밖에를 나왔던고? 차라리 방 안에서 더운 대로 참았더면 하는 후회까지 겹쳐 일어난다.

그는 소리 없이 변소 문을 열고 내다보았다. 방문은 여전히 빨갛다. 그때에 방 안의 사람이 일어나는 듯이 문 위에 그림자가 얼씬 비치더니 방문이 바스스 열린다. 찰나에 그는 아찔하였다. 다음 순간 변소 앞으로 일보 일보 다가오는 사람은 선비가 아니냐! 그는 어쩔 줄을 몰랐다. 그는 벌컥 일어났다. 그리고 잠깐 뛰는 가슴을 진정한 후에 변소 밖으로 나왔다. 무심히 이편으로 오던 그는 신발 소리에 멈칫하며 흘금 바라보았다. 신철은 이 기회를 놓치지 않을 양으로 돌아 들어가는 선비를 보고,

"이거 보세요, 네, 이거 보세요."

선비는 거의 방문 곁까지 가서 머뭇머뭇하고 있다. 신철은,

"저 냉수 한 그릇 주실 수 없을까요?"

얼결에 나온 말이건만, 하고 보니 그럴듯한 말이었다. 선비는 무엇을 좀 생각하는 듯하더니 그만 방문을 열고 들어간다. 신철은 그만 지하에 떨어지는 듯한 모욕을 전신에 느꼈다. 그리고 어째서 그가 변소에서 가만히 있다가 들어오는 선비를 꽉 붙들지 못하고 이렇게 나왔는가 하였다.

"할머니, 할머니."

깨우는 선비의 가는 음성이 들린다. 신철은 숨을 죽이고 들었다. 할멈은 응, 응 할 뿐이지 용이히 깨지 않는 모양이다.

"할머니 서울……."

그다음 말은 들리지 않는다. 할멈은 이제야 깨었는지 굵다란 음성이 흘러나왔다.

"네가 가서 떠다 주려무나. 내가 어두워서 알겠니."

또다시 선비의 음성이 소곤소곤 들렸다.

"뭐 어떠냐, 어서 그리 해라."

신철은 할멈이 깨었으므로 그만 낙망을 하였다. 그러나 선비가 또다시 자기 앞에 물그릇을 들고 나타날 듯하여 가슴이 두근두근하였다. 방문이 또다시 얼씬하더니 문이 열리며 선비가 나온다. 그는 머리를 숙이고 부엌 편으로 돌아간다. 그는 변소 앞에 섰기도 좀 우스운 듯하여 선비의 뒤를 따라섰다.

컴컴한 안방이 그의 앞에 나타나자 그는 누가 깨지나 않았나 하고 다시금 바라보았다. 그리고 아까 윤택하게 보이던 고무신조차도 금시로 사람으로 변하는 듯, 그리고 안방 문이 열리는 소리가 들리는 듯, 옥점이 나오는 듯하여 한층 더 가슴이 뒤설레었다.

부엌문을 소리 없이 열고 들어간 선비는 물그릇을 들고 나온다. 달빛에 새하얗게 묻혀 버린 그 자태! 낮의 선비보다 몇 배 더 고와 보였다. 신철은 선비가 부엌으로 들어갈 때만 하여도 온갖 계획을 다 세워 보았지만 막상 그의 앞으로 오는 선비를 볼 때는 모든 계획이 홀랑 달아나 버리고 그저 조급할 뿐이었다. 그래서 그는 얼른 물그릇을 받아 입에 대었다. 목은 안타깝게 마르건만 웬일인지 목이 칵 막히며 물이 넘어가지를 않는다.

그는 사례가 들려 기침이 나오려는 것을 억제하면서 물그릇을 도로 돌리려 하고 보니 벌써 선비는 어디로 가고 보이지 않았다. 그는 휘끈 돌아보았다. 선비의 치맛자락이 변소 가는 모퉁이로 흘금 보이고 없어진다.

30

그는 한참이나 바라보았다. 그리고 선비가 자기를 그렇게도 싫어하는가? 하는 생각이 불쑥 들었다. 따라서 어리석고 비겁한 자신을 새삼스럽게 발견하였다. 그는 맘대로 하면, 들었던 물그릇을 당장에 내던져 산산이 짓모고 싶었다. 그래서 성이 난 눈으로 물그릇을 들여다보았을 때, 아까 방 안에서 보이지 않던 달이 물속에 떨어져 가늘게 흔들리고 있다. 그는 순간 노엽던 맘이 약간 풀어지는 것을 느꼈다. 그것은 물속에의 어떤 부분을 대표한 듯하였던 것이다. 그러나 그것은 잠시간이고, 이렇게 해석하고 섰는 어리석은 자신을 픽 웃어 버렸다. 그리고 온 가슴이 텅 빈 듯한 쓸쓸함이 그의 전신을 휩싸고 도는 것을 새삼스럽게 깨달았다. 그는 물그릇을 든 채 건넌방으로 건너갔다. 그때 마루 위를 누가 걸어오는 소리가 나더니 바스스 방문이 열렸

다. 그리고 어떤 사람이 방 안으로 들어선다. 그는 깜짝 놀라 바라보았다.

"어째 지무시지 않아요?"

크림내를 섞은 젊은 여자의 강한 살내가 후끈 끼친다. 그는 이태껏 옥점에게서 느껴 보지 못한 이상한 충동을 받았다.

"왜 옥점 씨는 자지 않고 나오시우."

이렇게 천연스레 말하는 신철은 저 여자가 모든 것을 보지 않았나? 하는 불안이 여러 가지 감정과 교착이 되어 일어난다. 옥점은 전 같으면 신철의 곁으로 다가앉으며 무엇이라고 소곤거릴 터이나 오늘은 우뚝 선 채 머뭇머뭇하고 서 있었다.

"앉든지 들어가 주무시든지."

신철은 이런 말을 하며 이 여자가 모든 것을 보았구나 하고 직각되었다. 그리고 물그릇도 받아 주지 않고 간 선비가 이 여자를 보고 그리 하였는가 하는 생각이 들었다. 동시에 도리어 자신의 우둔함을 그는 나무랐다.

한참이나 무엇을 생각하고 섰던 옥점은 신철의 곁으로 다가앉는다.

"선비 곱지?"

어두운데 주먹 내미는 것 같은 돌연한 이 물음에 신철은 잠깐 주저하다가,

"곱지."

하고 옥점을 바라보았다. 그는 머리를 푹 숙이더니 다시 번쩍
든다.

"소개해 줄까?"

"것도 좋지."

옥점은 벌떡 일어났다.

"그럼 내 이제 데려올게."

신철도 여기에는 당황하였다. 그래서 얼핏 그의 잠옷 가를 잡
아당겼다. 그리고 진중한 위엄을 그에게 보이려고 음성을 둥글
게 내었다.

"이거 무슨 철없는……. 소개를 하려면 내일도 있고 모레도
있는데 왜? 하필 이 밤에만 맛인가?"

옥점은 그의 잠옷 가를 잡은 신철의 손을 칵 잡으며 흑흑 느
껴 운다. 이때껏 참았던 정열이 울음으로 화한 모양이다. 신철
은 무의식간에 옥점의 허리를 꼭 껴안았다. 그 순간 물속에 잠
겨 흔들리던 달이 휙 지나친다. 그리고 달빛에 새하얗게 보이던
선비가 천천히 보인다. 그는 슬그머니 손을 놓고 조금 물러앉으
렸으나 속에서 울컥 내밀치는 어떤 불길은 옥점의 잠옷 한 겹을
격하여 있는 포동포동한 살덩이를 불사르고도 남을 것 같았다.
그는 눈을 꾹 감았다.

"옥점이, 들어가서 자라우."

신철의 음성은 갈리어 잘 나오지 않았다. 옥점은 좌우로 몸을 흔들며 바싹 다가앉는다. 그의 몸은 불같이 달았다. 신철은 그만 어쩔 줄을 몰랐다. 그때에 그의 이지가 무참히도 깨어지는 소리가 그의 귓가를 지나치는 듯이 들렸다. 그러나 그는 이 여자의 몸에서 손가락 하나 움직일 수 없는 것을 발견하였다.

그때 안방에서 콩콩 하는 기침 소리가 건넌방 문을 동동 울려 주었다. 신철은 벌떡 일어났다.

"이거 봐요, 어서 들어가. 어머니가 깨시었어, 응."

옥점이도 그제야 부스스 일어나 앉는다. 그리고 신철을 올려다 보더니,

"아이, 불 켜지 말아요! 나 들어갈 테야."

벌써 불은 환하게 켜졌다. 신철은 돌아보며 빙긋이 웃었다. 그때에 신철은 범치 못할 계선을 벗어난 듯한 가벼운 쾌감을 느꼈다. 그리고 선비의 그 고운 얼굴이 미소를 띠고 지나치는 것을 그는 확실히 보았다.

신철은 옥점의 곁으로 오며 그의 흩어진 머리카락을 손질해 주었다. 너무나 상쾌한 맘은 그로 하여금 이렇게 하게 하였던 것이다. 옥점은 귀밑까지 빨개져서 차마 신철을 바라보지 못하고 있다.

"어서 들어가요, 네, 자 어서."

옥점은 머리를 매만져 주는 신철의 손을 끌어다가 꽉 깨물었다. 그리고 진저리를 치며 그의 혀끝으로 손을 빨았다. 신철은 얼굴이 빨개지며 손을 뺐었다.

"자 어서 들어가요."

"난 안 들어갈 테야!"

또다시 기침 소리가 콩콩 울려 나왔다.

31

이튿날 아침 옥점이 눈을 번쩍 뜨니 아버지가 곁에 와서 그의 구실러진 머리카락을 내려 쓸고 있었다.

"아부지네!"

어젯밤 신철의 손을 얼핏 생각하였다. 그리고 말로 형용할 수 없는 희망이 이 방 안에 빽빽이 들어찬 것을 그는 느꼈다.

"왜 이리 늦게 자냐."

"어젯밤 오래 있다가 잤어요."

어젯밤 신철이 그를 꽉 껴안아 주던 생각을 하며 눈등이 불그레해졌다. 그리고 부끄럽지만 않으면 어젯밤 일을 아버지에게 자랑하고 싶었다.

"아부지……. 저 나 뭐 안 사 줄래?"

덕호는 빙긋이 웃으며,

"뭘?"

"저, 피아노 말이어?"

"피아노? 아, 피아노란 게 뭐냐?"

듣느니 처음이었던 것이다. 옥점은 호호 웃었다.

"참말 아부지는……. 저 왜 학교에 가 보면 애들 창가 가르치
는 풍금이라는 게 있지요?"

"응, 그래."

"그렇게 모양이 되었세요."

"응, 양금이라는 것을 사 달라는 말이구나. 그것은 소용이 뭐
냐?"

"뭐야 타지, 아부지두."

"그만둬라야, 공부나 했으면 됐지, 그까짓 것은 사서 뭘 하
니."

"에이! 아부지두, 그게 있어야 되는 게야요. 어서 사 줘요."

"그래 값이 얼마가?"

"꼭 사 줄 테요?"

"글쎄, 말해 봐."

"꼭 사 주면 말하구."

옥점이 조르기 시작하면 못 견딜 줄 번연히 아는지라 덕호는,

"그래 사 주지."

"한 천 원 넘어가야 꽤 쓸 만하대요."

"천 원?"

덕호는 눈을 둥그렇게 떴다. 그리고 다시는 말을 꺼내지 못한다. 옥점은 아버지의 손을 끌어다 꼭 쥐며,

"아부지, 그게 그렇게 놀라워요? 뭐 아부지 재산은 다 나 가질 것이지요, 누구 딴 사람 주지 않지?"

눈에는 웃음을 가득히 띠었다.

"글쎄, 그게야 그렇지. 해두, 너 가질 것이라구 그따위 소용도 없는 것을 사서 버리면 되느냐?"

"아니야, 버리는 게 아니야. 서울에 가 보면 웬만큼 집 거느리고 사는 집은 다 있어요. 아부지는 보지 못하셨으니까 그런다니."

"아, 글쎄 그것은 뭐 하느냐 말이다. 그게서 은금보화가 나온다면 혹시 사다 둘는지, 글쎄 글쎄 왜 공연히 사다가 놓아둔단 말이냐. 넌 일 년에 천 원의 이자가 얼마나 되는지 아니? 응."

"아부지 정말 안 해 주면 난 자꾸 앓을 테야, 그것 가지고 싶어서."

"허허 그년 참, 그래 그게 가지고 싶어 않는단 말이냐. 좌우간 좀 두고 보자."

그렇게 딱 잡아떼지 않는 것을 보니 사 줄 모양이다. 덕호는 무슨 생각을 하고,

"이애 신철인가! 저 건넌방 학생이 무슨 학교를 다닌다?"

"경성제국대학 명년 졸업이라요."

"응, 그리고 집에 가산도 좀 있는 모양인가."

"그저 선생님의 월급 받는 것 가지고 살아가는 모양이야. 모르지 뭐, 또 어데 시골 토지 같은 것이 있는지 누가 알아요."

옥점은 얼굴이 빨개지며,

"아부지 저리로 가라우, 나 일어나게."

"야, 그런데 사람인즉은 아주 점잖은 집 자손인가 보더라. 아주 그 인사범절이 각별하두나."

"그럼 뭐……."

옥점은 신철의 얼굴을 머리에 그리며 어떻게 그를 보나 하는 부끄러움에 가슴이 몹시 뛰었다. 덕호도 만족한 듯이 빙긋이 웃으며 밖으로 나간다. 옥점은 일어나며 자리옷을 벗고 옷을 갈아입었다. 그리고 자리옷을 다시 들어 꼭 껴안았다. 어젯밤, 이 자리옷이 신철의 품에 안기었던 생각을 하니 그는 진저리를 쳤다. 그리고 자리를 개어 얹으며 방문을 열고 보니 건넌방 문이 활

짝 열렸으며 신철은 보이지 않았다. 또 산보를 나간 모양이다. 그는 언제나 컴컴해서 일어나 나가곤 하였던 것이다. 옥점은 가만히 건넌방으로 건너갔다. 방 안은 깨끗이 쓸렸으며 책상 위에 책들이 정돈되었다. 그리고 신철이 벗어 놓은 양말이 둥그렇게 뭉치어 책상 아래에 놓였다. 옥점은 우두커니 서서 어젯밤 일을 되풀이하며 신철이 나를 참 사랑하는가? 하는 생각이 들었다.

32

이런 생각을 하고 앉은 그의 머리에는 또다시 선비와 신철이 물그릇을 새 두고 마주 섰던 장면이 획 떠오른다. 그는 걷잡을 수 없는 질투의 감정이 욱 쓸어 일어난다. 신철이 선비를 사랑할까? 어떤 것을 보고 사랑할까. 아니야, 그것은 내 착각이다. 신철이쯤 하여 일개 남의 집 하녀를 사랑할까? 더욱 공부도 못하고 아무것도 모르는 시골뜨기를……. 얼굴만 고우면 무엇해? 이렇게 생각하니 속이 후련하였다. 그러나 어딘가 모르게 꺼림칙하고 불쾌함이 따랐다. 그는 얼른 선비를 보고 어젯밤 일을 물어보고 싶은 생각이 들어 분주히 부엌으로 나왔다.

선비는 설거지를 하느라 왔다 갔다 한다.

"이애 선비야, 이리 좀 와."

선비는 옥점의 뒤를 따라서 뒤뜰로 나갔다. 새로 핀 수세미외 꽃이 노랗게 울바자를 덮었다. 선비는 귀여운 듯이 바라보며 옥점의 곁으로 왔다.

"너 어젯밤 뭘 하러 나왔어?"

선비는 얼른 생각나지 않았다.

"내 언제?"

"날 왜 속여. 너 밤에 나와서 서울 손님에게 물 떠 주지 않았어."

그제야 그는 어젯밤 일이 생각키었다.

"응! 나 어제 변소에 나오니 서울 손님도 아마 변소에 나오셨던 모양이야. 그런데 날 보고 냉수를 한 그릇 떠 달라고 하기에 떠다 올렸지. 왜?"

"음."

옥점은 선비를 바라보다가 머리를 끄덕해 보이며,

"어서 들어가 일해라."

하고 옥점은 돌아서 들어간다. 선비는 무슨 일인가? 하고 의아한 생각을 하며 부엌으로 들어왔다. 그리고 서울 손님이 무슨 말을 한 셈인가? 혹은 물그릇에 파리 같은 것이 들어갔던가? 그렇지 않으면 무슨 솔잎 같은 것이 들어가서 서울 손님이 흉본 모양인가? 이러한 생각으로 조반까지 달게 먹지 못하였다.

조반상을 치우고 난 선비는 아침 일찍이 할멈이 잿물 내온 빨래를 바자에 널며 무심히 안방을 보았다. 옥점이 오늘은 무슨 생각을 하고, 수를 놓으며 선비를 오라고 손짓하였다. 선비는 또 무슨 말을 물어보려는가 하고 가슴이 두근두근하였다. 그리고 서울 손님이 안방에 있는가 하고 두루두루 살펴보니, 으레 있을 그가 어째서 보이지를 않았다. 오늘 아침에 갔는가 하고 선비는 생각하며 빨래를 다 널고 나서 안방으로 들어왔다.

"선비야, 너 이 수 좀 배우라우."

선비는 옥점이 이 수를 놓을 때마다, 한 번 나도 해 보았으면 하고 몇 번이나 생각하였던 것이다.

"할 줄 알어야지."

"뭘 이렇게 하면 되는데."

소나무 아래로 백학 한 쌍이 조는 듯한 그림이다. 선비는 물끄러미 들여다보며,

"이것도 학교에서 배우나?"

"그럼 배우고 말구. 이것뿐만이 아니다, 별 그림이 다 있다."

선비는 오색으로 빛나는 수실을 보며, 나도 저런 실로 한 번만 놔 보았으면 하고 차츰 얽혀지는 학의 날개를 보았다.

"이 그림 좋지? 이것은 우리 선생님이 고안해 그리신 게야.

참 예술적이 아니냐."

선비는 무슨 말인지 그가 말하는 것을 하나도 알아듣지 못하였다. 다만 이 그림이 훌륭하다는 것을 자랑하는 셈인 모양이다. 그렇게 어림해 들었다.

"수라는 것은 별것이 아니어. 사람사람마다 제각기 좋아하는 산수나 무슨 짐승 같은 것을 종이에 옮겨 그려 놓고, 실로 이렇게 얽으면 수가 된단 말이어."

옥점은 묻지도 않는 말을 이렇게 늘어놓고 있다. 그것은 선비가 수놓는 것을 몹시 부러워하는 줄 아는 때문이고, 더구나 건넌방에 앉아 그의 어머니와 무슨 이야기를 하는 신철에게 자기가 이렇게 수놓고 있다는 것을 알리고자 함이다. 막연하나마 신철이 이렇게 일을 하는 것을 기뻐하는 줄 알기 때문이다.

선비는 옥점의 말을 귀담아들으며, 그러면 수라는 것은 자기의 좋아하는 바 어떤 것이나 그려서 실로 얽어 놓으면 되나 하고 그가 하던 말을 다시 생각하였다. 옥점은,

"넌 어떤 것을 그려 이렇게 놓고 싶니? 말하면 내 그려 주마, 그리고 실도 주고."

선비는 이런 후한 말에 어떻게 가슴이 뛰는지 몰랐다. 그리고 저 고운 실을 가지려니! 하니 앞이 캄캄하도록 좋았다. 선비는 머리를 숙여 생각해 보았다. 불타산? 원소? 무엇무엇을 생각하

다가 선뜻 짚이는 것이 있었다. 그래서 그는 머리를 들고 말을 하려니 입술이 떨어지지를 않는다. 옥점은 그의 뺨을 바라보며 어젯밤 일이 휙 지나친다.

"얼른 말해 봐."

"난 몰라."

"에이, 말하면 이 실도 준다니까."

"난 달걀 낳는 것을……."

"에이! 숭해라! 그게 또 뭐야!"

옥점은 크게 소리쳤다. 선비는 얼굴이 빨개졌다.

33

어느덧 더운 팔월도 하루를 남기고 다 지나 버렸다. 옥점과 신철은 내일 아침차로 상경하기 위하여 모든 준비를 하였다.

옥점 어머니는 고리에 옷을 골라 넣으며 곁에서 시중드는 선비를 보고,

"이애 널랑 저 빠스켈라라던가? 저것 말이다. 그게다 계란을 담아 놔라."

선비는 가슴이 뭉클하였다. 그동안 옥점이 아니면 계란 모은

것이 근 백 개는 되었을 터인데 옥점이 내려온 후로부터 매일같이 낳는 계란을 하루도 건너지 않고 먹어 버렸다. 그것도 제 손으로 갖다가 먹었으면 좋겠는데 언제나 선비를 보고 갖다 달라고 하여서는 먹곤 하였던 것이다. 그때마다 선비는 웬일인지 말로 형용할 수 없는 아쉬움에 가슴이 울울하여지곤 하였다.

선비는 가만히 일어나서 광으로 나왔다. 그리고 독 위에서 계란 바구니를 내어 들었다. 전 같으면 이 계란 바구니가 얼마나 귀하고 중하게 보였으리요마는, 오늘은 반대로 바구니를 보기도 싫었다. 그리고 바구니 속에 하나하나 모은 그 귀여운 계란을 맘대로 하면 내어던져 모두 깨치고 싶은 감정이 울컥 내밀치는 것을 코허리가 시큰하도록 느꼈다. 글쎄 매일같이 먹어 그만큼 먹었으면 쓰지, 이걸 또 가져가겠대, 참! 광 문턱을 넘어서며 그는 이렇게 생각하였다. 선비가 마루로 올라서다가 넘어질 뻔하며, 계란 두 알이 굴러나 깨졌다. 옥점은,

"이애! 계란."

소리를 지르고 내달아 온다. 그리고 계란 바구니를 빼았았다.

"왜 그 모양이냐. 이런 것 들 때에는 조심해 다니는 게 아니라, 뭐냐, 네가 아무리 가사에 능하다고 하지만 이런 일은 잘 못하는구나, 응 글쎄……."

신철이 들도록 크게 소리쳤다. 그리고 신철의 앞에서 선비의

136

결점을 잡은 것이 얼마나 통쾌하였는지 몰랐다. 뒤미처 옥점 어머니가 옷을 든 채 나왔다. 그리고 딸과 선비를 마주 보다가,

"이애 이년아, 하마트면 큰일 날 뻔했구나, 그게 웬일이냐. 계집년이 천천히 다니는 게 아니라 되는 대로 뛰다가……, 글쎄."

모녀의 공박을 여지없이 받은 선비는 얼굴이 빨개졌다. 그리고 여태 참았던 설움이 일시에 폭발되는 것을 깨달았다. 선비는 쏠어 나오는 울음을 억제하며 섰노라니 옥점 어머니가,

"어디 무슨 일이나 맘 놓고 시킬 수가 있어야지. 내가 안 돌아 보면 일이 안 되니까. 나이 이십 살이나 가차와 오는 게 왜 그 모양이냐? 어서 넌 부엌에 나가서 무슨 일이든지 하구 할멈을 들여보내라!"

마루가 울리도록 소리를 지른다. 선비는 부엌으로 나왔다. 할멈은 눈이 둥그레서 마주 나왔다.

"왜, 왜 그려?"

선비는 찬장 곁의 시렁을 붙들고 흑흑 느껴 울었다. 모녀한테 욕먹은 것도 분하지마는 봄내 모아 온 계란을 한 개도 남김없이 빼앗긴 것이 더욱 분하였다. 눈물이 술술 쏟아지면서도 그 눈에는 옹골차고 예쁘장스러운 타원형의 계란들이 수없이 나타나 보인다.

"할멈, 어서 들어와!"

옥점 어머니의 호통소리에 할멈은 뛰어 들어가며 눈물 흔적을 없이 하였다. 웬일인지 선비가 울면 할멈은 번번이 따라 울곤 하였던 것이다.

할멈이 들어오니 옥점 어머니는,

"아, 글쎄 선비년이 계란을 깨쳤구려."

"뭐유?"

할멈도 놀랐다. 그리고 전일 계란을 들고 귀여워하던 선비의 모양이 획 떠오른다.

"얼마나 깨쳤나유?"

"얼마나? 뭐……."

조금 깨쳤다고는 말하기 싫어서 이렇게 우물쭈물하고 나서,

"옥점이 아니면 다 깨칠 게지. 그런 것을 옥점이년이 얼른 받았다니. 아, 그년, 그년이 이젠 제법 살림의 일을 다 안다니."

입에 침기가 없이 옥점을 칭찬한다. 할멈은 수긋하고 옷을 고르며 다 제 자식이면 아무 흉도 없고 곱게만 보이는 게다 하였다. 옥점이 들어왔다.

"어머이, 난 그런 것은 싫어요. 그게 뭐야, 누가 껄껄해서 그것을 입어."

어머니가 고리에 넣은 광목 바지를 보며 옥점은 이렇게 말하였다.

"그럼 뭘 입겠니?"

"사 입지, 내의를. 이런 것……, 저 할멈이나 줘요."

옥점은 광목 바지를 할멈에게 던졌다. 할멈은 꿈칠 놀랐다.

34

옥점 어머니는 광목 바지를 냉큼 주워서 농 속에 넣으며,

"너 안 입으면 나 입겠다."

할멈은 광목 바지를 하나 얻어 입는 횟수가 돌아오는 줄 알고 주름잡힌 그의 얼굴이 몇 번이나 경련을 일으키어 벌렁벌렁했는지 몰랐다. 그러나 옥점 어머니의 그 얄미운 행동에 할멈은 생각지 않은 섭섭함이 그의 가슴을 찌르르 울려 주었다. 그리고 나프탈렌의 독한 내가 한층 더 그의 숨을 꾹 막아 주는 듯하였다. 그래서 그는 머리를 돌리며 재채기를 두어 번 하고 나니 눈물까지 흘렸다.

"정, 어머이, 계란은 신철 씨가 저 바스켓에다 넣겠다구 하우. 그러면서 짚이든지 무어든지 밑에 받칠 것을 가져오라구 해요."

"응 아이구! 안심찮아라. 내 바쁜 것을 생각해서 그러누나.

사람인즉은 참말 진짜다. 할멈 그렇지? 어쩌면 계집애도 그리 찬찬치 못하겠는데 항 장부로 태어나서 그렇단 말이우. 에그 네 그 본떠야 헌다!"

옥점은 너무 기뻐서 어쩔 줄을 모른다.

"저 할멈, 벽장 속에서 솜 꺼내 주."

할멈은 갑자기 솜은 무얼하려누 하고 벽장을 열고 솜보를 꺼내었다. 그리고 솜을 뒤져 보이며,

"어떤 것을……."

"아이그 그것 못써! 서울까지 갈 것을 그런 낡은 솜을 넣으면 되나, 그 밑의 햇솜을 주."

할멈은 그제야 계란 밑에 놀 것임을 알았다. 그리고 솜보 밑에서 말큰말큰한 햇솜을 꺼내어 옥점을 주었다. 옥점은 무엇이 그리 급한지 획 빼앗는 듯이 받아 가지고 쿵쿵 뛰어나간다. 할멈은 물끄러미 그의 뒤꼴을 바라보며 작년 가을에 따 들이던 목화송이를 생각하였다.

말은 엿 마지기라 하나 엿 마지기 좀 넘는 듯한 앞벌 목화밭에서 선비, 할멈, 유 서방이 해를 꼭 지우며 목화를 따곤 하였다. 그러나 탐스러운 목화송이에 취하여 지리한 것을 모르고 그 목화를 따곤 하였던 것이다. 한 송이 또 한 송이를 알알이 골라 가며 치마 앞이 벌어지도록 따서 모은 그 목화송이! 목화나무에

손이 찔리고 발끝이 상하면서 모은 저 목화송이! 머리가 떨어지는 듯한 것을 참고 이어 나른 저 목화송이! 자기들에게는 저고리 솜조차도 주기 아까워 맥 빠진 낡은 솜을 주면서, 계란 밑에 놓을 것은 서울 갈 것이니 햇솜을 준다. 여기까지 생각한 할멈은 눈가가 빨갛게 튀어 오르며 다시 한 번 재채기를 하였다.

"오뉴월 고뿔은 개도 안 앓는다는데 할멈은 웬일이유."

우리는 개만두 못하지유! 하고 입술이 벌어지는 것을 도로 삼켜 버렸다. 그리고 옷을 뒤지는 그의 손에는 아직도 햇솜을 만지던 말큰말큰한 감이 떠나지 않았다. 그리고 이 가을에 그 많은 목화를 또 따서 이어 날라야 하겠군! 하는 생각에 한숨을 푹 쉬었다.

"글쎄 할멈, 저 건넌방 손님이 대학당을 다니는데 우리 조선서는 끝가는 학교라우, 그러구 오는 봄에 졸업하게 되면 아주 월급 많이 받고……. 아이고 무엇이 된다나?"

머리를 돌려 생각하더니,

"잊어서 모르겠군! 그러니 우리 옥점의 신랑감 되기 부끄럽지 않지? 난 이젠 내일 죽어도 맘을 놓아……."

저 혼자 흥이 나서 주고받고 한다. 할멈의 귀에는 이런 말이 한마디도 걸리지 않았다. 그리고 이 집에 오래 있을수록 일만 해 주었지, 옷 한 가지 변변하게 얻어 입지 못할 터이니, 그만 이 가을철 들면 어디로 나갈까? 하는 생각이 금시로 든다. 그러나 마침 나가더라도, 무손한 자기로서 별 신통수는 없을 터이고 어떻게 한담? 어서 죽기나 해도 좋으련만…….

"할멈, 우리 옥점이 혼례식을 언제 하는 게 좋겠수?"

할멈은 무슨 말인지 잘 개어 듣지 못했다. 그래서 멍하니 옥점 어머니의 얼굴만 바라본다.

"우리 옥점이 혼례식 말이어."

"네."

또 그 말을 꺼내누나 하고 머리를 숙였다.

"언제쯤 하는 게 좋을까?"

"글쎄요."

"남들은 가을에 잘 하는데, 우리도 이 가을에 했으면 좋으련만 어쩌들이나 할라는지 알 수가 있어야지! 호호, 요새들은 저희들끼리 어쩌구 어쩌니까, 우리 늙은 것들은 굿이나 보다가 떡이나 먹을 수밖에 없단 말이어."

요새 옥점 어머니는 생각하느니 이것뿐이었던 것이다. 할멈은 잔치를 하게 되면 올해도 햇솜 구경을 못 하겠구나 하였다.

　이튿날 아침, 컴컴해서 일어난 신철은 타월과 비눗감을 가지고 밖으로 나왔다. 벌써 유 서방은 물을 다 긷고 닭 모이를 주고 있다. 그리고 부엌에서는 나무 꺾는 소리가 딱딱 하고 들린다. 신철은 중문을 나가며 얼른 부엌을 돌아보았으나 아직도 컴컴해서 누구가 누구인지 잘 보이지 않았다. 다만 뿌연 속으로 아궁에서 비쳐 나오는 불빛만이 보일 뿐이다. 그는 곧 울고 싶은 감정을 느꼈다. 그렇게 그리워하던 선비를 한 번 마주 앉아 말 한마디 건네어 보지 못하고 떠날 생각을 하니 그러하였던 것이다. 그는 큰대문을 나서면서 한참이나 망설망설하였다. 무엇 때문에? 어째서 이렇게 망설이는지 자신도 모르고 한참이나 빙빙 돌다 마침 울 뒤로 갔다.

　여기 와서 울바자 새로나 한 번 더 선비의 얼굴을 볼까 하는 실 끝 같은 희망을 가지고 왔으나 그것은 뻔히 안 될 것이었다. 그는 우두커니 서서 차츰 새어 오는 하늘을 바라보았다. 그리고 그가 이제 떠나면 용이해서는 여기 오지 못할 것을 생각하며 그동안 선비는 어떤 곳으로 시집을 가겠지! 그래서 아들도 낳고 딸도 낳고 농사를 지어 가면서 그 고운 얼굴에도 주름살이 한둘 잡힐 터이지! 하는 센티멘털한 생각이 그의 가슴을 힘껏 울리어 주었다. 따라서 이 순간 자기가 안타깝게 선비를 그리워하던 그 뜻조차도 영원히 스러질 한낱의 비밀이 되어 버리고 말 것을 저 하늘가를 바라보면서 차츰 깨달았다. 그는 한숨을 푹 쉬며 원소를 향하여 걸었다. 그는 매일 아침마다 원소에 가서 세수를 하고 체조를 하고 휘파람을 불면서 행여나 선비를 만나 볼까 하였다. 그러나 그날 버들잎을 뿌리며 먼빛으로 바라본 후로는 한 번도 원소에 오는 선비를 발견하지 못하였다.

몇 번 할멈은 보았으나, 선비는 웬일인지 만날 수 없었다. 선비라는 그 처녀도 역시 맞당해서 보면 별 인간은 아니련만…….

그는 이러한 생각을 하며 원소까지 왔다. 원소의 푸른 물은 말없이 그를 반겨 맞는 듯, 그리고 석별의 인사를 그 가는 물소리로 전해 주는 듯하였다.

그는 이슬이 방울방울 매달린 풀숲을 들여다보며, 자연의 조화를 다시 한 번 느꼈다. 그때 거위 한 쌍이 긴 목을 빼고 푸른 물 위에 흰 그림자를 비추며 헤엄쳐 돌아간다. 그의 눈앞에 보이는 이 거위 한 쌍! 얼마나 다정하고도 순결한 감을 일으켜 주는지……. 그는 벌떡 일어났다.

아침 연기에 어린 이 용연 동네! 이 역시 오늘 아침으로 마지막이다. 선비를 꼭 한 번만 만나보고 그의 포부를 들었으면……. 그의 움직이던 시선이 옥점의 집에 멈추었을 때, 그는 이렇게 중얼거렸다. 그리고 어제 낮에 옥점의 모녀한테 개 물리듯 하던, 선비의 측은하고도 아리따운 자태가 눈앞에 보이는 듯하였다. 그리고 이리의 굴 같은 저 옥점의 집에서 온갖 모욕을 받으며 그날그날을 지내는 선비! 그 선비를 그 자리에서 구원할 의무도 역시 자기가 져야 할 것 같았다. 그가 국문이나 아는지? 어떻게 하든지 그를 서울로만 끌어올렸으면 좋겠는데, 하였다.

그는 두루두루 또 생각해 보았다. 선비를 서울로 올리려면, 자기가 옥점을 잘 꾀면 쉽게 될 것 같았다. 그러나 옥점과 결혼까지 하고 싶은 생각은 꿈에도 없었다. 그 오활한 성격! 더구나 미국 영화배우들에서 흔히 볼 수 있는 애교가 넘쳐흐르는 그 눈매! 길 가던 남자라도 단박에 홀릴 만한 그의 독특한 표정, 그것이 신철로 하여금 더욱 싫증나게 하였다.

도회지에서 어려서부터 자란 그였건만, 보고 듣는 것이 그런 사치한 것뿐이었건만 그는 웬일인지 몰랐다. 그러므로 그는 동무들에게서 변태적 성격을 가졌다고까지 조롱을 받은 때도 있다. 그러나 이번 여름에 이 동네 와서 뜻하지 않은 선비를 만난 후로는 차디찬 그의 성격도 어디로 달아났는지 그 스스로도 놀랄 만큼 되었다.

그는 어떻게 해서 선비를 서울로 올려 갈까를 곰곰 생각하며

그가 국문이라도 알면 자기의 이러한 뜻을 몇 자 지어서라도 전
달하고 싶은데 역시 국문이나마 배웠을 것 같지 않았다. 그는
포켓에서 시계를 내어 보면서 점점 가슴이 죄어들었다.

그는 시간이 급하므로 세수를 하려고 언덕 아래로 내려와서
물에 손을 담그며 바라보았다. 푸른 물 위에 핑핑 돌아가는 저
거위! 그는 급한 것도 잊고 거위를 향하여 물을 후르르 뿌리고
또 뿌렸다. 한참이나 이렇게 하던 그는 정신이 번쩍 들어 세수
를 하고 내려왔다. 그가 덕호의 집 울바자를 돌아오다 우뚝 섰
다. 울바자를 타고 넘어오는 저 손을 보았기 때문이다.

36

신철은 그 손을 따라 시선을 옮기니 호박잎에 반만쯤 가린 호
박 한 개가 얼핏 눈에 띄었다. 그리고 그 손은 이슬에 젖은 호박
을 뚝 따 가지고 천천히 바자를 넘어가고 있었다. 신철은 무의
식간에 한 걸음 다가서며, 저게 누구의 손일까? 하고 생각할 때,
그 손은 없어지고 말았다. 그 손! 마디가 굵고 손톱이 갈리어서
얼핏 누구의 손임을 짐작할 수가 없었다.

신철은 얼른 바자 곁으로 가서 바싹 붙어 서며, 그 손의 임자

를 찾았다. 그는 벌써 나뭇가리 옆을 돌아서 부엌으로 들어가는 치맛귀가 얼핏 보이고 사라진다. 누굴까? 할멈의 손이다! 선비의 손이야 설마한들 그럴 수가 있을까? 아무리 일을 한다고 해도 나이 있는데…… 그렇지는 않아! 않아! 그는 머리를 좌우로 흔들었다. 부엌에서 쏠어 나오는 그릇 가시는 소리, 도마 소리, 옥점의 호호 웃는 소리가 뒤범벅이 되어 쏠어 나온다.

그때, 그의 머리에는 끝이 뾰죽뾰죽한 가는 손가락이 떠오른다. 문득 그는 선비의 손! 하고 생각되었다. 그리고 이제 그 손으로 인하여 불쾌하였던 생각이 스르르 풀리는 것을 깨달았다. 그렇지! 선비의 손이야 그럴 리가 있나? 그렇게도 고운 선비에게, 하며 언젠가 무의식간에 본 선비의 그 손이 오늘 아침 미운 그 손으로 인하여 어림없는 착각이 생겼던 것이라고 그는 생각하였다. 이렇게 해석을 하고 나니 그는 한층 더 선비가 그리워지고 그가 떠날 시간을 좀 더 연장시키고 싶었다.

"유 서방, 저 산에 가서 어서 서울 손님 내려오시라게."

옥점 어머니의 이러한 말을 듣고 신철은 집으로 들어왔다.

"아이 어서 들어와서 진지 자시고 떠나요."

옥점은 언제나 마찬가지로 아침 화장을 산뜻하게 하고 마루에 섰다가 신철을 맞는다. 신철은 분내를 강하게 느끼며 마루로 올라앉았다. 안방에 앉았던 덕호는 나오며,

"오늘 가면 언제나 또 오려누."

신철이 덕호에게 대하여 말을 낮추어 하라고 한 후부터 덕호
는 이렇게 하게를 하였다.

"글쎄요. 이번에 와서 댁에 폐를 많이 끼쳤습니다."

"아, 원. 별소리를 다 하눈."

덕호는 길게 지어진 신철의 눈을 바라보면서, 옥점과의 결혼
을 이 자리에서 대강 말로라도 물어보고 결정할까? 하고 얼른
생각키운다. 그러나 저희들끼리는 벌써 내약이 있어 가지고 있
는 모양이니 언제나 저희들이 먼저 말하기까지 가만히 있으리
라 하여, 잠잠하고 말았다. 더구나 요새 공부한 것들은 혼인까
지라도 저희들끼리 뜻이 맞아 가지고 되는 것을 알므로 그냥 내
버려 두자는 것이다.

밥상이 들어온다. 덕호는 넘석해서 들여다보았다.

"이거 찬이 없어 되었는가, 어쩌나 많이 먹게……. 그러구 이
애, 널랑은 저 닭국을 먹지 마라. 그 약 먹으면서는 고기는 일절
먹지 않아야 한다더라."

옥점은 핼금 쳐다보았다.

"아버지 난 그 약 안 먹을 테야, 써서 먹을 수가 있어야지."

"엣, 그년! 애비가 네 몸에 좋겠기에 먹으라는데 그 앙탈이냐.
자네가 좀 착실히 모르는 것은 일러 주게. 키만 컸지, 귀히만 자

라서 뭘 알아야지."

독호는 귀여운 듯이 옥점과 신철을 번갈아 본다. 신철은 속으
로 놀랐다. 그 말이 심상한 말이 아님을 깨달으며, 웬일인지 얼
굴이 좀 다는 것을 느꼈다. 옥점은 술을 들며 눈을 내리떴다. 그
의 눈썹은 너무 짙게 그린 듯하였다.

"어서 많이 먹우."

부엌에서 옥점 어머니가 들어오며 이렇게 말한다. 신철은 저
를 들다가 흘금 바라보았다.

"네, 많이 먹겠습니다."

"이애, 그 국 한 그릇 더 떠 오너라."

뒤미처 선비가 국그릇을 들고 마루로 통한 부엌문에 비껴 선
다. 펄펄 오르는 국 김에 불그레하니 타오르는 그의 얼굴!

언제 보아도 선명하게 드러나는 그의 눈등의 검은 사마귀는
그의 침착한 성격을 대표한 듯하였다. 그때 신철은 옥점의 강한
시선을 전신에 느끼며 옥점 어머니가 주는 국그릇을 받아 들었
다. 이 국은 선비가 나에게 마지막 주는 국이거니 생각이 들자,
그의 손은 약간 떨렸다. 동시에 몇 달 동안 누르고 눌렀던 정열
이 뜨거운 국그릇을 향하여 쏟아지는 것을 그는 느꼈다.

37

가을철 들면서부터 덕호는 읍의 출입이 잦아졌다. 그리고 안 입던 양복까지도 말쑥하게 입는 것을 가끔 볼 수가 있었다. 읍에 출입이 잦으면서부터 덕호는 간난이를 내보냈다. 그래서 동네 사람들은 읍에 기생첩을 했다거니 처녀첩을 했다거니, 하고 수군수군하는 말이 많아졌다. 그 바람에 옥점 어머니는 화가 치받쳐서 집안에 붙어 있지 않고 남편의 뒤를 따라 역시 읍 출입이 잦았다.

요새도 부부가 들어간 지가 벌써 닷새나 되어서도 읍에서 아무 소식이 없었다. 선비와 할멈은 그 크나큰 집에서 쓸쓸하게 지내었다. 밤이면 일하러 갔던 유 서방이 와서 사랑에서 자나 그 역시 하루 종일 시달린 몸이라, 잠만 들면 그뿐이었다. 그러므로 할멈과 선비는 밤에도 맘 놓고 자지를 못하고 방에 불을 끄지 못하였다.

오늘 밤도 할멈과 선비는 낮에 따 온 목화송이를 고르며, 모녀같이 다정하게 이야기를 하였다. 윗목에 놓은 화로에서 보글보글 끓던 두부찌개가 차츰 소리가 가늘어지다 이젠 끊어지고 말았다. 선비는 화로를 돌아보았다.

"오늘도 어머니가 안 오시려는 게요."

"글쎄 이제야 오기 글렀지, 아마 퍽 오랬을 게다."

벽에 걸린 괘종시계를 쳐다본다. 선비도 흘금 쳐다보았다. 시계는 열한 시 반을 가리켰다.

"벌써 열한 시 반이어요."

할멈은 멍하니 바라보며,

"난 저것을 암만 봐도 모르겠으니……. 저 큰바늘은 무엇하고 작은 바늘은 무얼 하는 게냐?"

선비도 이렇게 꼭 집어 물으니, 분명히 알 수가 없었다. 그래서 그는 빙긋이 웃으며,

"다 시간 보는 게지, 뭐유."

할멈은 머리를 끄덕끄덕하였다. 그리고 목화송이 속에 묻힌 고추 꼬투리를 골라 바구니에 넣었다.

"이애, 올해두 고추섬이나 좋이 딸 것 같다. 그 밭에 목화를 갈지 말고 다 고추를 심어 봤으면 좋겠더라."

"목화는 어데 갈구요?"

"목화는 저 감골 밭에 갈구. 그 밭이 목화가 잘될 밭이니라. 목화는 너무 땅이 걸어도 좋지 않구, 가는 모래가 좀 섞인 땅이 좋으니라."

선비는 목화송이를 들어 할멈에게 보였다.

"이거 보세요. 참 이런 것은 꽤 큰 송이지요. 이런 것은 몇 송

이만 가져도 저고리 솜은 넉넉하겠어! 아이 참 크기도 해."

휘황한 남포등 아래 빛나는 이 목화송이는 얼마나 선비의 조그만 가슴을 흔들어 주었는지 몰랐다. 그는 문득 이런 것도 잘 그려 가지고 수놓으면 좋을지 몰라? 하였다. 그때에 비단을 찢는 듯한 옥점의 조소가 들리는 듯하여 그는 얼핏 머리를 숙였다. 따라서 그가 싫은 생각이 머리털 끝까지 훌썩 치미는 것을 느꼈다.

할멈은 가만히 말을 내었다.

"올 가을에는 이 솜으로 우리 둘의 저고리 솜이나마 주면 좋지 않겠니?"

"네."

할멈은 내리덮인 눈가죽을 번쩍 들고 목화송이에서 티끌을 골라낸다. 그리고 한숨을 푹 쉰다. 선비는 할멈의 저고리에 두던, 바람 가리지 못할 시커먼 솜을 생각하였다. 그 솜은 몇 해나 묵었는지 맥이 없고 가는 심사를 발견할 수가 없었다. 그리고 잡아당기어 늘리려면 뚝뚝 끊어졌다. 그는 이러한 생각을 하며 할멈을 다시 한 번 쳐다보았다. 그의 눈가는 벌써 뻘겋게 튀어오른다.

"할머니, 올해야 좀 주겠지! 뭘, 작년에는 목화를 전부 팔기 때문에 그랬지만 올해야 안 팔겠지우."

"이애 그만둬라, 여름에 옥점이 가져가는 계란 받침까지두 이 솜으로 했단다, 너 아니?"

선비는 계란이란 말에, 계란 바구니를 들고 나오다가 넘어질 뻔하던 생각을 하며 무의식간에 한숨을 호 하고 쉬었다. 그리고 뜻하지 않은 서울 손님이 획 떠오른다. 그들은 참말 복이 많은 사람들이어! 하였다. 옥점과 서울 손님이 결혼하여 재미나게 살 생각을 하였던 것이다. 그리고 자기의 앞길은 어떻게 될 것인지 생각수록 캄캄하였다. 그때 첫째의 얼굴이 획 떠오른다.

전에는 그런 것을 몰랐는데 이 가을철 들면서부터 분주해서 일할 때는 모르겠으나 밤이 되어 자리 속에 누우면 웬일인지 잠이 오지를 않고 이런 생각 저런 생각 끝에 번번이 첫째가 떠오르곤 하였다. 마침 중대문 소리가 찌꺽 하고 나므로 그들은 놀라 서로 바라보았다.

38

신발 소리가 저벅저벅 나므로 할멈은,

"유 서방이우?"

뒤미처 문이 열리며 유 서방과 덕호가 들어온다. 그들은 뜻하

지 않은 덕호가 들어오매 놀라 일어났다. 할멈은,

"영감님, 어떻게 밤에 오셔유."

유 서방은 비칠거리는 덕호의 손을 붙들고 들어와서 아랫목에 앉힌다. 갑자기 술내가 후끈 끼친다. 덕호는 눈을 번쩍 뜨고 선비와 할멈을 본 후에 드러누웠다. 선비는 얼른 베개를 꺼내서 유 서방을 주었다.

"선비야, 나 다리 좀 주물러 다우."

혀 곱은 소리로 덕호는 이렇게 말하였다. 선비는 가슴이 서늘해지며, 덕호의 곁으로 갈 생각이 난처하였다. 할멈은 속히 주무르라는 듯이 선비에게 눈짓을 하여 보였다.

"큰댁은 안 오시는가요."

"음, 옥점 어미? 온정, 온정, 아이구 취한다, 푸푸."

침을 뱉으며 덕호는 발짓 손짓을 하였다. 그들은 멍하니 덕호를 바라보며, 뭐라고 꾸지람이나 내리지 않으려나 하는 불안에, 덕호가 기침을 할 때마다 눈을 크게 뜨며 그의 눈치를 살폈다.

"진지 지을까유?"

한참 후에 할멈이 이렇게 물었다. 덕호는 눈을 번쩍 뜨고 할멈과 선비를 보았다.

"아 아니, 선비야 나 다리나 좀 쳐다우."

선비는 얼굴이 빨개지며 할멈을 쳐다보았다. 유 서방과 할멈은 선비를 바라보며 어서 다리를 치라는 뜻을 보이었다.

"다리 쳐라. 이년 같으니, 응 아이구, 다리야, 다리야."

다리를 방바닥에 쿵쿵 들놓았다. 할멈은 선비의 옆구리를 꾹 찌르며 덕호의 다리를 보았다. 선비는 하는 수 없이 덕호의 곁으로 갔다. 그리고 다리를 붙잡으며 툭툭 쳤다. 양복바지에도 술을 쏟았는지 술내가 후끈후끈 끼쳤다. 선비는 약간 눈살을 찌푸렸다.

"어, 내 딸 용하다."

덕호는 머리를 넘성하여 선비를 보다가 도로 누우며,

"에, 취한다. 참 취한다. 어서 자네는 나가 자지."

덕호는 유 서방을 바라보았다. 유 서방은 졸음이 꼬박꼬박 오나 덕호의 앞인지라 혀를 깨물고 앉아서 참다가 말이 떨어지자마자 곧 일어났다.

"할멈, 내일 밥을 일찍 하게."

할멈은 황망히,

"예!"

하고 대답하였다. 그리고 머리를 숙이며 덕호의 시선을 피했다.

"어서 나가 자게. 그래야 밥을 일찍 하지."

"예."

할멈은 자리에서 일어났다. 선비는 일어나는 할멈을 보며 따라 일어났다.

"허. 거, 정 내일부터는 면사무소에를 간단 말이지. 하기 싫어
도 하는 수밖에……. 면장인지 동네장인지, 허허 허허."

덕호는 혼자 하는 말처럼 이렇게 중얼거리며 웃었다. 할멈과
선비의 시선은 마주쳤다. 그리고 영감님이 면장이 되었는가 하
는 생각이 들자 그들도 좋았다. 그리고 어딘가 모르게 미덥지
못하던 덕호가 차츰 미더운 것을 깨달았다.

"선비야 자리 펴다우. 그러구 너도 할멈과 같이 나가거라."

선비는 가벼운 숨을 몰아쉬었다. 그리고 어떤 무거운 짐을 벗
어난 듯 몸이 가뿐하였다. 그는 냉큼 자리를 펴 놓고 나오다가
다시 돌아서서 등불을 가늘게 하고 할멈과 함께 밖으로 나왔다.

"영감님이 면장을 하신 게지?"

건넌방으로 건너온 할멈은 말하였다. 선비는 빙긋이 웃으며
자리를 깔았다.

"이애 영감님이 잘나기는 하셨니라. 글쎄 면장까지 했으니 이
젠 이 용연서는 누가 그를 당하겠니."

선비는 할멈의 말을 귀담아들으며 베개 밑에 손을 넣고 다리
를 쭉 폈다. 해종일 피로해진 몸이 순간으로 풀리는 듯하였다.
그는 가볍게 한숨을 몰아쉬며, 덕호와 같은 아버지를 둔 옥점이
끝없이 부러웠다. 나도 우리 아버지, 어머니가 살아 계신다면,

할 때 앞집 서분 할멈에게 들은 말이 얼핏 생각키었다.

"너의 아버지는 동네 사람들의 말이 덕호에게서 맞은 것이
원인이 되어 돌아가셨다더라."

선비는 그 후부터 틈만 있으면 이 말이 문득 생각키었다. 그
러나 그 말이 참말 같지는 않았다. 지금 덕호가 선비에게 구는
것을 보아서⋯⋯. 그는 지금도 굳게 그 말을 부인하면서 이런
생각을 하지 않으려고 돌아누웠다. 그리고 무심히 머리맡에 놓
인 목화송이를 집어다 볼에 꼭 대었다.

"선비야!"

하는 덕호의 음성이 흘러나왔다.

39

선비는 냉큼 머리를 들었다.

"선비야."

부르는 소리가 재차 들린다. 선비는 할멈을 흔들었다.

"할머니, 할머니."

할멈은 응 소리를 지르며 돌아눕는다.

"왜 그러니?"

"영감님이 부르시어."

"나를?"

"아니, 나를 부르시어."

"이애 그럼 들어가 보려무나."

"할머니두 일어나라우, 같이 들어가자우."

"이애, 무슨 일이 있냐? 무슨 심바람 시키려고 그러시는데."

졸음이 오므로 일어나기 싫어서 할멈은 이렇게 말하였다. 그러나 선비는 기어코 할멈을 일으키어 가지고 마루까지 나왔다.

"부르셨습니까?"

"오냐, 선비냐."

"네."

"물 떠 오너라."

할멈은 냉큼 건넌방으로 들어가고 선비는 부엌으로 가서 물을 떠 가지고 마루로 오나 할멈이 없다. 그래서 머뭇머뭇하다가 방문을 열었다. 그리고 조심히 들어갔다.

술내가 가득한데 가는 불빛에 덕호의 머리만이 희미하게 보일 뿐이다. 선비는 얼른 등불을 돋우었다. 그리고 덕호의 앞으로 갔다. 덕호는 아까보다 술이 좀 깬 모양인지 눈 뜨는 것이 똑똑하였다.

"술 먹은 사람 자는 데는 으레 물을 떠다 두어야 하느니라."

덕호는 이불로 몸을 가리고 일어앉아 물그릇을 받으며 이렇게 말하였다. 선비는 가슴이 뭉클해지며 되게 꾸지람이 내리려는가 하여 머리를 숙인 채 발끝만 굽어보았다.

"참, 내가 잊었구나! 그제 옥점이년의 편지에 너를 서울로 올려 보내라고 하였두나! 공부를 시키겠다구."

선비는 생각지 않은 이 말에 앞이 아뜩해지며 방 안이 핑핑 돌았다.

"그래 너 서울 가고 싶으냐? 내 말년에 아무 자식도 없어 너희들이나 공부시켜 재미 붙이지, 붙일 곳이 있느냐."

덕호는 언제나 술이 취하면 자식 없는 푸념을 하곤 하였다. 덕호는 한참이나 선비를 물끄러미 바라보더니 한숨을 푹 쉰다.

"잘 생각해서 말해라. 내가 너는 옥점이년과 조금도 달리 생각지 않는다. 너는 나를 어떻게 생각하는지는 모르겠다마는……."

그때 선비는 돌아가신 어머니나 아버지가 살아온 듯한, 그러한 감격에 눈물이 핑 돌았다. 그리고 뭐라고 말하여 자기의 맘을 만분의 하나라도 표현시킬까, 두루두루 생각해 보나 그저 가슴만 뛸 뿐이지 아무 말도 생각나지 않았다.

덕호는 물 한 그릇을 다 먹고 빈 그릇을 내준다.

"오늘은 밤두 오랬으니 나가서 자구, 잘 생각해서 내일이나 모레지간에 대답을 하여. 너 하고 싶다는 대로 해 줄 터이니……. 응."

덕호는 감격에 취하여 더욱 발개진 그의 볼을 바라보면서 이렇게 말하였다. 지금 덕호의 맘은 선비가 어떠한 요구를 하든지 다 들어줄 것 같았다. 선비는 물그릇을 들고 불을 가늘게 낮춘 후에 건넌방으로 나왔다. 그리고 목화보 위에 칵 엎디었다. "옥점아!" 그는 처음으로 옥점을 이렇게 불러 보았다. 캄캄한 방 안에 오직 할멈의 코고는 소리가 들릴 뿐이고 잠잠하였다. 그는 옥점의 그 얼굴을 생각하였다. 쌀쌀해 보이던 그 눈과 그 입모습! 사정없이 나가는 대로 말하던 그의 말! 그것도 지금 생각하면 그리워졌다. 동시에 그것이 참일까, 그가 나를 공부시키겠다고 서울로 보내라고 했다지? 그 말이 참일까? 영감님이 술 취한 김에 되는 대로 하신 말씀이 아닐까? 온가지 의문과 의문이 꼬리에 꼬리를 물었다. 그는 자리에서 일어나서 불을 켜고 목화송이를 고르기 시작하였다.

한 송이 또 한 송이, 흰 목화송이가 치마 앞에 모일수록 그의 생각도 이 목화송이와 같이 덮이고 또 덮여, 어느 것부터 생각해야 좋을지 몰랐다. 어떡허누? 참말이라면 나는 서울을 가 볼까. 그래서 옥점과 같이 학교에도 다니고, 그러면 그 수놓는 것도 배우게 될 터이지! 하였다. 그때의 그가 부럽게 바라보던 가지가지의 색실 타래가 눈앞에 보이는 듯이 나타났다. 그는 목화 송이를 꼭 쥐고 멍하니 등불을 바라보았다. 서울을 가? 내가 그러면 이 목화는 누가 트나? 그리고 물레질은 누가 하고? 하며 혼곤히 자는 할멈을 돌아보았다. 그때 뜻하지 않은 첫째의 얼굴이 또다시 획 떠오른다. 그는 머리를 돌리며, 그는 종내 여기서 살려나…….

40

해가 지고 아득아득해서야 개똥이네 마당질은 끝이 났다. 어둠 속으로 뿌옇게 솟아오른 나락더미! 나락더미를 중심으로 둘러선 농민들은 술에 취한 듯이 흥분이 되어 있었다.

유 서방과 덕호가 나왔다. 유 서방은 들어가서 등불을 켜 가지고 나왔다. 땃버리는 대두를 들고 나락더미 앞으로 가서 나락을 손으로 헤쳐 가면서 말을 되었다.

"한 말이요는 가서요우."

땃버리는 그 둥글둥글한 음성을 길게 빼어 가지고 소리 곡조로 마디마디를 꺾어 돌렸다. 뒤미처 쏴르륵 하고 섬 속으로 흘러들어가는 벼알 소리! 그들의 가슴은 어떤 충동으로 스르르 뜨거워지는 것을 깨달았다. 그리고 무의식간에 그들은 눈을 썩썩 비비치고 동무의 어깨를 누르며 바짝바짝 다가들었다. 그때마다 옆의 동무는,

"이 사람아, 넘어지겠구먼!"

허허 웃으며 그들은 이런 말을 주고받았다. 한 섬, 두 섬, 석섬, 볏섬은 차례로 묶여 놓인다. 그들은 제각기 몇 섬이 날까? 하는 호기심에 묶어 놓은 볏섬과 나락더미를 번갈아 비교해 보았다.

땃버리가 마지막 말수를 되어 볏섬에 부으며,

"열닷 섬 말이요는 가서요우."

수심가라도 한 곡조 부르려는 듯이 그렇게 흥이 나서 음성을 내뿜았다.

"열닷 섬 닷 말! 잘은 났다!"

가슴을 졸이고 섰던 그들은 똑같이 이렇게 중얼거렸다. 땃버리는 툭툭 털고 일어났다. 그리고 개똥이 어깨를 탁 쳤다.

"이 사람아 한턱내야 되리. 올 농사는 자네네만큼 된 사람이 없으리!"

"암, 허허."

개똥이는 이렇게 대답하며 흘금 덕호를 쳐다보았다. 덕호의 얼굴은 잘 보이지 않으나 그가 가만히 섰는 것을 보아 만족해하

는 것을 알 수가 있었다. 곡식이 잘 나지 못한 때면 덕호는 잔걱정을 하며 가만히 서 있지를 못하고 왔다 갔다 하면서 밭을 잘 거두지를 못하였느니 미리 베어다가 먹었느니 하고 야단을 치곤 하였던 것이다.

유 서방은 구루마를 갖다 대고 볏섬을 쾅쾅 실었다. 그들도 볏섬을 받들어 올려놓으며,

"무겁다! 참 벼 한 섬이 이다지도 무거운가!"

덕호가 들으라고 일부러 이렇게 말하였다. 덕호는 어둠 속으로 궐련만 뻑뻑 빨면서 섰더니,

"개똥이! 자네 여기서 다 회계 끝내고 말지! 후일에 다시 쓰더라도……. 응? 자네 빚내 온 돈이 얼마인지?"

개똥이 말을 들어 보려고 덕호는 이렇게 물었다. 개똥이는 덕호가 말하기 전부터 빚 말을 내지 않으려나 하는 불안에 가슴이 조마조마하였다가 마침 이 말을 듣고 보니 전신의 맥이 탁 풀렸다. 아무 대답이 없는 개똥이를 안타까운 듯이 바라보던 덕호는 저놈이 빚을 물지 않으려는 속이구나! 하고 어떻게 하든지 이 자리에서 볏섬으로 차지하지 않으면 못 받을 것 같았다.

"자네 십오 원 내온 것이 간 정월달이 아닌가. 그러니 이달까지 꼭 열 달일세. 이자까지 하면 이십 원이 넘네그려. 우선 벼 넉섬은 날 줘야 하네. 그래도 내가 삼사 원은 못 받는 속일세. 그러

구 비료값과 장리쌀은 으레 여기서 회계할 것이지.”

유 서방을 돌아보았다.

“어서 저기서 일곱 섬만 가져오게. 그래도 나는 십여 원을 받지 못하는 셈일세. 그러나 할 수 있는가, 자네들도 농사를 해 먹고 살아가야겠으니 우리에게로 오는 반 섬과 자네에게로 가는 반 섬 합해서 한 섬은 내가 주는 것이니 그리 알게. 그것은 이번 농사를 잘 지었다는 것 때문이어, 허허.”

유 서방은 말 떨어지기가 무섭게 볏섬을 끙 하고 져다가 구루마에 실어 놓는다. 그들은 이제까지 깜박 잊었던 하루 종일의 피로가 조수와 같이 밀려드는 것을 깨달았다. 그들은 볏짚단 위에 펄썩펄썩 주저앉았다. 그때 첫째의 머리에는 풍헌 영감의 모양이 획 떠오른다.

입도차압(立稻差押)을 당하고 정신없이 아래 윗동네를 미친 듯이 돌아다니며 만나는 사람마다 붙잡고,

“여보게 이런 법이 있는가, 벼를 베기도 전에…….”

그다음 말은 막히어 하지 못하였다. 첫째는 무슨 말인가 하여 풍헌의 뒤를 따라 논까지 가 보았다. 논귀에 세운 조그만 나무 판자에는 무슨 글인지 써 있었다.

41

풍헌은 그 나무쪽을 가리키며,

"글쎄 집달리라던가? 하는 양복쟁이가 이것을 꽂아 놓으면서, 벼를 베지 못한다구 허두면……."

풍헌은 이렇게 말하며 누릇누릇한 벼이삭을 바라본다. 첫째는 다가서며,

"누구의 빚을 얼마나 졌습니까?"

"아 덕호의 빚이지, 그것 좀 참아 달라구 하는데, 이렇게까지 할 게야 뭐 있겠나! 전날 편지 배달부가 이런 것을 갖다가 주고 가두면. 그래 나는 그게 무엇인가? 하고 두었더니, 글쎄 글쎄 이런 일이 날 줄이야 누가 꿈밖에나 생각하였겠나."

풍헌은 거지 안에서 다 해진 편지봉투를 꺼내어 보인다. 첫째 역시 그것을 한 자 알아볼 리가 없었다. 그래서 편지봉투만 이리저리 만지다가 풍헌을 주었다.

"거게 뭐라고 했나?"

풍헌은 허리를 굽혀 들여다본다. 첫째는 머리를 벅벅 긁으며,

"내니 알겠쉬까."

"저 노릇을 어찌해야 좋겠나."

"덕호한테 가 봤습니까?"

166

"가 보기를 이를까. 어젯밤에도 밤새껏 가서 졸랐네. 그래두 소용없네, 이를 어쩌면 좋겠나. 자네 좀 가서 말해 볼 수 없겠나?"

쳐다보는 풍헌의 그 눈! 첫째는 그만 머리를 돌리고 말았다. 그리고 그 달음으로 덕호한테 와서, 하다못해 주먹 담판이라도 하고 싶었다. 그러나 아무 소용이 없을 것을 짐작하는 첫째는 애꿎은 한숨만 푹 쉬고 저 앞을 바라보았다.

불과 십여 일 이내에 베게 될 이 벼이삭! 벼알이 여물 대로 여물어서 머리를 푹 숙이고 있었다.

"잘 됐지! 저것 좀 보게나."

풍헌은 벼이삭을 가리키고 달려가더니 벼이삭을 어루만지며 불타산을 멍하니 노려보았다. 그의 희뜩희뜩 센 수염 끝은 무섭게 흔들리고 있다. 첫째는 뭐라고 위로할 말조차 생각나지 않았다. 그리고 그들의 주위를 싸고 있는 공기조차도 무거운 납덩이 같음을 느꼈다.

풍헌은 논귀에 펄썩 주저앉으며, 무심히 물에 채어 무너진 논둑을 다시 고쳐 놓는다. 첫째는 물끄러미 그것을 바라보았다.

"이 논이 읍의 사람의 논이라지유."

"그래 읍의 한치수라는 어른의 논인데……."

그는 후 하고 숨을 쉬었다.

"그런 법두 있는가. 전에는 그런 일이 없었는데……. 난 암만
생각해두 모르겠어! 내일 읍에 들어가서 한치수 어른에게 물어
보겠네."

"그렇게 합슈."

첫째도 그런 법이 있을 것 같지는 않았다. 풍헌은 벌떡 일어
났다.

"난 지금 들어가 보구 오겠네."

이렇게 말을 하고 읍 가는 길로 나선다. 그리고 뒤도 안 돌아
보고 황황히 걸었다. 첫째는 물끄러미 그의 뒷모양을 바라보다
가 그가 산모퉁이를 지나간 후에 들어왔다.

며칠 후에 풍헌이 보이지 않으므로 누구에게 물으니 그는 벌
써 어디론지 가 버리고 말았다는 것이다. 그때에 그는 아무것도
가진 것 없이 아내와 어린것들을 데리고 바가지 몇 짝을 달고
떠났다고 하였다.

여기까지 생각한 첫째는 구루마 구르는 소리에 정신이 버쩍
들었다. 그리고 아버지 겸 동무이던 풍헌을 내쫓은 덕호가 또다
시 개똥이를 내쫓고 자기를 내쫓으려는 것임을 절실히 느꼈다.
그때,

"여부슈, 내가 빚을 안 물겠답니까?"

개똥이 음성이 무거운 공간을 헤쳤다. 무엇보다도 일 년 농사

168

지은 것이라고……. 그의 초가집 문전에나마 놓았다가 이렇게 빼앗기었으면 한결 맘이 나을 것 같았다. 그리고 벼 시세도 지금은 한 섬에 오 원이라 하나 좀 더 있으면 육 원을 할지 팔 원을 할지 모르는데 이렇게 빼앗기기에는 너무나 억울했던 것이다.

첫째는 개똥이 말을 듣자 무의식간에 욱 하고 달려갔다. 그리고 유 서방을 단번에 밀쳐 넘어쳤다.

"뭐야 이게? 야들아! 다 오나라."

남의 일이나 자기 일 못지않게 분하였던 그들도 욱 쓸어 나갔다. 그리고 구루마에 실은 볏섬을 끌어내렸다. 그리고 덕호를 찾았으나 그는 벌써 어디로 빠져 달아났는지 찾을 수가 없었다.

"이 벼만 가져 봐라!"

개똥이가 호통을 하였다. 그때 저편에서 회중전등이 번쩍 하고 이리로 왔다. 그들은 순사가 오는구나! 직각되자 사방으로 흩어지기 시작하였다.

개 짖는 소리가 여기저기서 들리었다. 그리고 신발 소리 또 신발 소리…….

42

이튿날 새벽에 개똥 어머니는 덕호네 집으로 갔다. 아직 대문은 걸린 채 그대로 있었다. 벌써 그가 어젯밤부터 이 문전에 몇 번이나 왔는지 몰랐다. 그는 하는 수 없이 집으로 오다가, 또다시 무슨 생각을 하고 대문 옆으로 와서 우두커니 서 있었다. 그리고 안에서 누가 나오는가 하여 자주자주 문틈으로 들여다보았다. 그러나 검정개 한 마리 얼씬하지 않았다. 그는 왔다 갔다 하면서, 이제 덕호를 만나 뭐라고 말할 것을 입속으로 다시금 외어 보았다. 어제 밤새도록 생각해 온 이 말이건만, 이렇게 덕호네 문 앞까지 와서는 캄캄해지곤 하였다.

안에서 신발 소리가 나므로, 그는 조금 물러서서 동정을 살폈다. 덜그렁 하는 소리가 나더니, 문이 찌꺽 열린다. 그리고 유 서방이 다리를 절면서 나오다가 개똥 어머니를 보고 멈칫 섰다.

"왜 왔소?"

유 서방은 어젯밤 일을 생각하며 분이 왈칵 치밀었다. 개똥 어머니는 머리를 숙여 보이며,

"그저 잘못했습니다, 용서해 주시우. 다 철이 없어 그 모양이지유. 한때 살려 줍시우."

"철없는 게 뭐야유, 그 새끼들이 철이 없어? 흥! 이거 보우 내

170

다리가 병신 되었수."

코웃음을 치고 나서 도로 들어간다. 개똥 어머니는 그 뒤를 따랐다.

"면장님 일어나셨수?"

"면장님은 왜 찾우?"

유 서방은 흘금 돌아보았다.

"그저 한때 살려 주, 예? 살려 주, 예."

개똥 어머니는 훌쩍훌쩍 울었다.

"난 몰라유. 그까짓 놈의 새끼들……. 사람의 은혜도 모르고 의리도 없는 그놈들……. 짐승 같은, 에이."

유 서방은 이렇게 소리치며 들어간다. 개똥 어머니는 한참이나 머뭇머뭇하였다. 그때 안에서 덕호의 음성이 흘러나왔다.

"거 누구니?"

"개똥 어미야유."

유 서방이 대답한다.

"개똥 어미가 왜?"

"모르지유."

개똥 어머니는 방문 밖에 서서 머뭇머뭇하다가,

"그저 면장님, 한때 살려 주, 그놈들이 철이 없어서……."

덕호는 아직도 자리에서 일어나지 않은 모양이다.

"개똥 어민가, 이리 들어오게, 늙은이가 치운데, 왜 밖에 섰는가."

뜻하지 않은 덕호의 후한 말에, 개똥 어머니는 앞이 캄캄해 왔다. 그제야 유 서방은,

"어서 들어가우."

개똥 어머니가 방문을 여니, 덕호는 자리에 누워 있다. 그는 멈칫 섰다.

"어서 들어와."

개똥 어머니는 들어가서 머리를 숙이며,

"그저 한때 살려 줍시유, 네? 한때만 사정 봐줍슈."

덕호는 기침을 하며 일어나서 자리로 몸을 가리고 앉았다.

"글쎄 그놈들의 행세를 보아서는 분나는 대로 용서 없이 고생을 시키겠지만 그러나 소위 면의 어른이라는 나로서 더구나 저런 늙은이들이 불쌍해서 그럴 수야 있는가."

개똥 어머니는 너무 감격하여 소리쳐 울고 싶었다. 그리고 저런 후한 어른의 뜻을 몰라주는 개똥이와 그의 동무들이 끝없이 원망스러웠다.

"그저 살려 줍슈, 저를 봐서……."

"응, 그런데 마침 오늘이 공일이니까 면에 출근도 안 하니 내 직접 주재소에 가 보리. 저희놈들이 암만 그래도 몇 십 년을 내

덕에 산 것이 아니겠나. 배은망덕이란 말이 이런 것을 두고 이름일세그려. 허, 거 정 나두 손두 없는 사람이라 저희들을 내 친자식들과 같이 사랑한단 말이어. 어제만 하더라도 내가 생각해서 벼 한 섬을 거저 주지 않았나. 그런데 그놈이 그 은공을 몰라본단 말이어. 하필 올뿐인가, 작년 재작년에도 그래 왔지."

"그까짓 죽일놈들을 생각하실 게 있습니까. 그저 후하신 맘으로 이 늙은 것을 한때 보아주셔야지우."

"웅, 그럼 돌아가게, 내 이따가 가 보리."

개똥 어머니는 코가 땅에 닿도록 절을 하고 밖으로 나왔다. 덕호는 도로 자리에 누우며 이놈들을 더 고생시켜 세상의 법이 어떻다는 것을 알리어 정신을 들려 주렸더니 날은 점점 추워 오고 어서 눈 오기 전에 마당질은 끝내야겠으니 부득이 놓아 주랄 수밖에 별수가 있나! 하고 생각하였다. 더구나 이 가을부터 미곡통제안(米穀統制案)이 실시된다는 말이 있으니 그렇게 되면 곡가도 오를 것이다. 어서 바삐 그놈들의 빚도 현 곡가로 청산하여야겠다는 생각이 들자, 곧 그는 자리에서 일어났다.

43

어젯밤 주재소에서 자고 난 그들은 오늘 아침 덕호가 가서야 순사부장의 단단한 훈사를 듣고 다시는 그런 일을 하지 않기로 약속을 하고 놓여나오게 되었다. 그들은 나오는 길로 아침밥도 잘 먹지 못하고 곧 타작마당으로 왔다. 그래서 어젯밤 널어놓은 짚단이며 나락 헤적인 것을 쓸어 모아 놓고 한편으로는 도급기를 횅횅 돌렸다. 그들은 일을 하니 안 아픈 곳이 없었다. 팔을 놀리면 팔이 아프고 다리를 놀리면 다리가 아팠다. 그리고 허리를 굽힐 수도 없고 목을 임의대로 돌리는 수도 없었다. 하루쯤은 쉬어서 했으면 좋겠는데, 하는 생각을 그들은 약속이나 한 것처럼 똑같이 하였다.

그때 덕호가 나왔다. 그는 궐련을 피워 물고 단장을 짚었다. 그리고 명주 저고리 바지에 세루 조끼를 말큰말큰하게 입었다. 그들은 덕호를 보자 가슴이 울울해지며 저절로 머리가 숙여진다. 그리고 뭐라고 나무라지나 않나 하는 불안에 쩔쩔매었다.

"어 자네들 어서 일들이나 잘 하여, 밥 많이 먹고 일 많이 하는 사람이야말로 튼튼한 면민일세그려. 허허 자네들은 나를 오해하지? 아마 어제 일을 미루어 보더라도 말이어. 그러나 그것은 잘못 안 것일세. 나는 더구나 면의 어른이란 지위에 앉아 가지고 자네들의 이로움을 위하야 애쓰는 것이 나의 의무가 아닌가."

덕호는 큰기침을 하고 나서 다시 말을 계속하였다. 그들은 고개를 숙이고 합수를 하고 섰다.

"어제만 하더라도 내가 곡식으로 차지한 것이 전혀 자네들을 위함에서 그렇게 한 게야. 자네들의 형편에 그 곡식을 갖다가 팔아서 돈으로 빚을 갚는다고 하세. 돈을 제때에 갚지도 못하게 될 뿐 아니라 그 곡식을 제값을 못 받고 더구나 꼭 적당한 시기에 팔지를 못해. 그러니 내가 곡식으로 차지하는 게여. 나야 손해가 되지마는……. 왜 손해가 되느냐 하면 말이어, 이제 좀 더 있으면 자네들이 지내보는 바와 같이 곡가가 내리는 것만은 뻔한 사실이 아닌가 응, 왜 그런 줄을 몰라주느냐 말이어. 나는 자네들을 친자식같이 아는데 자네들은 그것을 몰라준단 말이어. 어제 일만 하더라도 내가 아니고 딴사람이라면 자네들을 그냥 두겠나. 그러나 나는 자네들도 생각할 뿐만 아니라 자네들의 가족들을 생각하야 친히 순사부장에게 사정을 하다시피 한 것을 자네들은 아는가 모르는가. 한 번 실수는 누구나 있는 것이니 이다음부터는 주의들 해."

덕호는 그들을 둘러보며 빙긋이 웃었다. 그들의 모양을 보아 자기의 말에 얼마나 감격하였는지를 그는 짐작하였던 것이다.

따라서 이렇게까지 저들이 서리 맞은 풀대같이 후줄근한 것이 전혀 주재소의 힘임을 깨달으며 무식한 놈들에게는 매가 제일이다 하고 생각되었던 것이다.

덕호가 그들의 앞을 떠난 후에 그들은 가볍게 숨을 몰아쉬었다. 그리고 이제 덕호가 한 말이 다 옳다고는 생각되지 않았다. 그들은 여전히 일을 계속하였다. 도급기 다섯 채를 좌우로 갈라 놓고 한 채에 세 사람씩 맡았다. 한 사람은 가운데 서서 돌리고 그 나머지 두 사람은 도급기 곁에서 날라 오는 볏단을 풀어 놓고 도급기 돌리는 그들에게 번갈아 집어 주며 혹은 벼 낟가리에 올라서서 볏단을 내리고 또는 다 훑은 짚단을 묶어서 저편으로 날랐다.

"이애 이놈아, 빨리 다우."

난장보살이 첫째를 돌아보며 소리쳤다. 그리고 볏모개를 빼앗았다.

"흥! 어제는 이놈 때문에 우리들이 매를 죽도록 맞았다니."

어젯밤 매 맞던 생각을 하며 싱앗대를 돌아보았다. 싱앗대는 볏모개를 빨리 돌려 대었다.

"쥐뿔도 없는 놈이 맘만 살아서 그 꼴이지, 그저 없는 놈이야 무슨 성명이 있나, 죽으라면 죽는 모양이라도 내어야지."

곁에서 그들의 말을 듣는 첫째는 버럭 화가 치받치는 것을 억제하였다. 그러나 뱃속이 꾸물꾸물하며 얼굴이 빨개졌다.

어제는 이 타작마당에서 그들이 일심이 되었는데 겨우 하룻밤을 지나서 그들은 첫째를 원망하였다. 첫째는 덕호에게서 욕먹은 것보다도, 순사에게 밤새워 매 맞은 것보다도, 그들이 자기 하나를 둘러싸고 원망하는 데 그만 울고 싶었다. 그리고 캄캄한 밤길을 혼자 걷는 듯한 적적함이 그를 싸고도는 것을 새삼스럽게 깨달았다. 그는 무심히 벼 낟가리를 쳐다보았다. 전 같으면 저 벼 낟가리들이 얼마나 귀여웠으리요마는……. 그때 저리로부터 순사가 왔다.

44

첫째는 놀랐다. 가까이 오는 순사는 지금 자기가 생각하고 있는 것을 다 알고, 자기만 잡으려고 오는 듯싶었다. 그래서 그는 머리를 푹 숙이며 볏단만 헤치고 있다가, 칼 소리가 멀어지매 겨우 안심하고 흘금 바라보았다.

그때 순사의 구둣발에 툭툭 채는 칼은 햇빛에 번쩍번쩍하였다. 순사는 덕호를 만나서 다시 이리로 온다. 그는 또다시 아까와 같은 생각으로 겁을 먹었으나, 그들은 가벼운 궐련 내를 던

지고 저편으로 지나간다. 그리고 무슨 이야기를 재미나게 하고
는, 하하 웃었다.

"여보게, 자네 좀 돌리게."

난장보살이 첫째를 보며 이렇게 말하고 나서, 도급기에서 물
러간다. 첫째는 얼른 이편으로 왔다. 그리고 한 발로 도급기 발
판을 짚어 가며, 난장보살이 집어 주는 볏모개를 훑는다. 그때
무심히 저편을 보니, 덕호와 순사가 면사무소에 앉아서 유리문
을 통하여 이편을 내다본다. 그때에 그는 난장보살이 저것들을
마주 보기 싫어서 도급기에서 물러났구나! 하고 직각되었다.
따라서 지금 저들이 자기를 잡아갈 의논을 하면서 자기만을 주
목해 보는 듯하여 머리를 숙였다.

쏴르르 탁탁 튀어나는 벼알은 그의 볼을 가볍게 후려치고 떨
어진다. 그리고 돌아가는 도급기 바퀴에서 일어나는 바람은, 그
를 오한이라도 나게 하려는 듯이 싫었다. 전 같으면 이 바람에
얼마나 속시원할 것이건만……. 그때 난장보살이,

"담배 먹고 싶다!"

그때 첫째도 새삼스럽게 담배 먹고 싶은 것을 느끼며 난장보
살을 바라보았다. 일하던 농민들은 약조나 한 듯이 일시에 시선
이 마주쳤다. 그들은 누구나 상대의 눈동자에서 담배 먹고 싶다
는 것을 발견하였다. 그러나 면사무소에 앉아 이야기하는 그들

의 눈에 걸리는 것이 싫어서 누구 한 사람 쉬려고 하지 않았다.
그들은 한숨을 후 쉬고 머리를 숙였다. 그리고 쉴 새 없이 떨어
져 쌓이는 벼알을 바라보았다. 담배 한 모금 맘 놓고 먹지 못하
고서 저렇게 애써 지은 쌀알을 덕호네 함석 창고에 들여보낼 생
각을 하니, 어제 구루마를 부서트리던 그 순간의 감정이 또다시
폭발되는 것을 느꼈다.

마당이 보이지 않도록 쌓이는 저 벼알! 병아리의 털같이 그
렇게 노란 수염이 하늘을 가리키고 재미나게 쌓인 저 벼알! 저
벼알은 역시 자기들에게는 귀엽고 아름다운 빛만 보이고 나서
맘 놓고 만져 보기도 전에 덕호의 창고로 들어가 버리고 마는
것이다.

어린것들은 집에서,

"아빠 하얀밥 먹지, 오늘은?"

오늘 집에 들어가면 아버지를 붙들고 이렇게 소곤거릴 것이
다. 그때에 그들은 뭐라고 대답하랴! 여름내 가을에는 하얀밥
준다!고 어르던 그 말! 지금 와서는 또 뭐라고 말하랴! 그들은
이런 생각을 하며, 다시금 저 벼알을 보았을 때 벼알이 아니라
그들의 가슴 폭을 마디마디 찌르는 살대 같아 보였다.

그들은 멍하니 어제 일을 되풀이하며 첫째를 돌아보았다. 그
때 순사와 덕호가 이리로 온다. 또다시 그들은 가슴이 두근거리

며 하던 생각이 끊기고 말았다. 덕호는 순사와 같이 그의 집으로 들어간다. 그들은 후 한숨을 몰아쉬었다. 그리고 멍하니 불타산을 바라보았다. 오래잖아 저 산에는 눈이 하얗게 덮일 터인데……. 우리들은 그때에 뭘 먹고 사나? 하였다.

가을을 맞은 청초한 저 불타산. 그 위로 하늘이 파랗게 달음질쳐 갔다. 첫째는 그 하늘을 묵묵히 바라볼 때, 어젯밤 순사부장이 자기들을 모아 놓고 "너희들에게 법이란 것을 가르쳐야겠다." 하던 말이 그의 머리에 휙 떠오른다.

"법, 법……, 법, 법에 걸리면 죽이는 법까지 있다지?"

그가 법이란 막연하게나마 전통적으로 신성불가침의 것으로 알았지마는……, 아니 지금도 그렇게 알지마는, 어제 일을 미루어 곰곰이 생각하니 웬일인지 그 법에 대하여 무엇이라고 형용할 수 없는 엉킨 실마리가 그의 온 가슴을 꽉 채우고 말았다.

"우리들이 어제 덕호와 싸운 것이 법에 걸리는 일이라지? 그법, 법……."

그는 머리를 돌려가며 몇 번이나 이렇게 중얼거렸다. 그러나 점점 더 답답만 할 뿐이지, 뒤엉킨 실 끝을 고르는 수가 없었다. 그때 난장보살이 휙 쳐다보았다.

"이 곰 뭘 그리 중얼거리니?"

첫째는 그의 말이 입 밖에까지 나간 것에 스스로 놀라며 머리를 푹 숙였다.

45

추수가 끝난 초겨울이었다. 읍에서 군수가 나와서 농민들을 모아 놓고 연설을 한다고 한다. 그들은 군수가 나왔다니까 아무리 바쁜 일이 있어도 가야만 되는 줄 알고 그러지 않으면 벌금이나 물리지 않을까? 하여 모두 모였다.

이십여 간이나 되는 면사무소 내에 농민들이 빽빽이 들어앉았다. 단상에는 군수와 면장이 앉았고 그 옆으로는 면서기들이 앉았다. 그들은 이번 신임된 군수라는 뚱뚱한 양복쟁이를 눈이 둥그레서 바라보았다. 먼저 면장이 나와서 간단한 말로 군수를 농민들에게 소개하였다. 뒤미처 군수가 나와서 몇 번 기침을 한 후에,

"어……, 내가 이번에 여기 나온 목적은 여러분들도 이미 면사무소를 통하여 알았겠지마는……. 내가 신임인 만큼 군내 상황도 시찰할 겸 더욱 여러분에게 절실하게 이르고 싶은 것이 있어 나온 것이오. 우리 조선으로 말하면 어……, 팔 할 이상이 농민들이오. 그러니 농민들의 성쇠는 즉 국가 흥망의 기원이 될

것만은 사실이오. 옛날부터 농사는 천하지대본이니라 한 말이 있지 않소."

　여기까지 들은 그들은 저렇게 귀하신 어른의 입에서 자기들이 하는 농사를 찬사하는 말이 나오니 이것이 꿈인가 하였다. 그리고 말할 수 없는 감격에 붙들리었다.

　"우리가 농사를 부지런히 하여야 할 것은 두말할 것도 없거니와 어……, 거기에 대하여 여러 가지 방법을 말하고자 하오. 재래의 농민들이란 그저 수굿수굿 김만 매면 되는 줄 알았으나 그것은 틀린 것이오. 어떻게 하면 밭에서 곡식이 많이 날까, 어떻게 하면 작은 밭을 가지고도 큰 밭에서 내는 곡식을 낼까, 다시 말하면 농사하는 방법을 꼭 알아 가지고 농사를 지어야 한단 말이오. 어……, 예를 들어 말하면 어……, 여기 한 사람이 있다고 하면 그 사람의 재주를 보아 그에 적당한 일을 시켜야 그 일이 잘될 것이 아니오? 그러니 이것도 역시 마찬가지로 밭에 곡식을 심는 것도 만일 어긋나게 심으면 좀 더 곡식이 많이 날 것이로되 적게 난단 말이오. 수수나 콩을 심어 잘될 밭에다 조나 육도를 심으면 적게 날 것이오. 그러니 먼저 그 밭에 어떤 것이 적당할까를 생각하여 심어야 한단 말이우. 어……, 그리고 퇴비 말이오, 무엇보다도 이 퇴비를 많이 제작해 두었다가 봄에 가서 밭을 잘 거두어야 하우. 여러분이 좀 더 부지런을 내면, 어……,

일하다가 쉬는 틈을 타서 풀을 깎아다 퇴적장에 쌓아 썩히시오. 이것이 봄에 가서는 훌륭한 거름이 될 것이오. 공연히 읍 같은 데 가서 금비를 사 나를 것이 아니라, 그렇게 해서 자작 만들어 쓰란 말이오."

그들은 자기들의 농사하는 이치를 이렇게 꼭꼭 알아내는 것이 얼마나 감사하게 생각되었는지 몰랐다. 그래서 서로 돌아보며 입을 쩍쩍 벌렸다.

"어……, 그리고 색의를 입어야 하오. 우리 조선 사람은 흰옷을 입는 것이 못사는 원인의 하나요. 어서 바삐 색의를 입으시우. 흰옷을 입게 되면 자주 빨아 입어야겠으니, 첫째 그만큼 시간이 소비되고, 둘째 빠는 데 옷이 해지우. 어……, 그리고 고무신을 신지 말고 될 수 있으면 노는 시간을 이용하여 짚신을 삼아 신도록 하오. 이 외에 관혼상제비(冠婚喪祭費)도 절약하시우. 이렇게 하면 당신네들이 앞으로는 다 부자가 될 것이오. 그렇지 않우? 허허."

그들도 따라 웃었다. 그리고 군수의 말대로 하면, 참말 내년부터라도 풍족한 생활을 할 것 같았다.

"그리고 어……, 마지막으로 말할 것은 면이라는 기관은 당신들이 잘살고 건강하게 사는 것을 위하여 힘써 지도하는 곳이니, 조금도 면사무소를 허수히 알아서는 못쓰오. 면에서 지세나 혹은 호세나 기타 여러 가지 세금을 당신들한테서 받아 내는 것은 다 당신들을 잘살게 하기 위하여 통치하는 데 소비하는 것이우. 그러니 그런 세금을 꼭 잘 바쳐야 하오. 할 말은 많으나 훗기회로 미루고 위선 그만하니 이 면사무소의 지도를 잘 받으시오."

군수는 말을 마치고 의자에 걸어앉았다. 면장은 만족한 웃음을 띠고 나왔다.

"이번 군수 영감께서 이렇게 나오시게 되어 우리에게 좋은 말씀을 들리어주시니 우리 면민은 군수 영감의 말씀대로 이행하기를 서약한다는 증거로 일어나서 경례를 합시다. 자 일어나시우들."

농민들은 일시에 일어나서 머리가 땅에 닿도록 절을 몇 번이나 거듭하고 헤어졌다.

첫째도 그들 틈에 섞여 면사무소를 나왔다. 그는 어정어정 걸으며 내년부터 나는 누구네 땅을 부치나! 하고 우뚝 섰다. 그의 동무들은 그를 비웃는 듯이 흘금 돌아보고 저편으로 몰려간다.

46

첫째는 드디어 밭을 떼이고 말았던 것이다. 오늘 군수 영감의 말을 들으면 이 면사무소는 농민들이 잘살기 위하여 힘쓰는 곳이라는데⋯⋯. 여기까지 생각한 그는 자기만은 이 동네의 농민이 아닌가 하는 의심이 부쩍 든다. 덕호로 말하면 이 면의 어른인 면장이라는 지위를 가지고 있는데도 불구하고 부치던 밭을 그에게서 떼지 않았는가? 응! 나는 그때 그 구루마를 깨친 것이 법에 걸리었기 때문이라지. 법, 법⋯⋯. 오늘 군수 영감이 말씀한 것도 역시 내가 행하지 않으면 법에 걸리게 될 터이지. 그러나 오늘에 부칠 밭이 없는데 거름은 만들어 두면 뭘 하나? 그 법⋯⋯. 날이 갈수록 이 법에 대하여 점점 더 의문의 실뭉치가 그의 가슴을 안타깝게 보챈다. 그는 생각지 말자 하다가도 가슴속에서 뭉치어 일어나는 이 뭉텅이! 스스로도 제어할 수가 없었다. 첫째 자신은 이 신성불가침의 법을 지키려고 애를 쓰나 웬일인지 날이 갈수록 자신은 이 법에 걸려 들어가고 있는 것을 안타깝게 발견하였던 것이다.

집까지 온 첫째는 나뭇가리 옆에 우두커니 서 있었다.

"어떻게 한담?"

그는 이렇게 중얼거리며 그의 앞길이 암흑으로 변하여지는 것을, 볼을 후려치는 쌀쌀한 겨울날의 감촉과 같이 뚜렷하게 느낀다.

그때 짚 부벼 치는 소리가 바삭바삭 나므로 휘끈 머리를 돌리니 자기가 새끼 꼬다가 놓고서 면사무소에 갔던 기억이 얼핏 생각키며 이 서방이 동냥하러 가지 않고 오늘은 집에 있는가 하여 얼른 들어왔다. 방문을 여니 갑자기 누가 방 안에 앉았는지 알수가 없었다. 그저 캄캄한 속으로 짚 부벼 치는 소리만 들릴 뿐이다.

"벌써 오니? 왜 오라던?"

방 안에 들어앉은 그는 어머니가 새끼 꼬는 것을 비로소 발견하였다. 첫째는 머리를 벅벅 긁으며,

"군수 연설 들으러 오라지."

첫째 어머니는 실망을 하고 꼬던 짚을 밀어 놓는다. 아까 면서기가 면사무소로 첫째를 오라고 할 때는 아마 도로 밭을 부치라고 하려나? 하는 다소의 희망과 의문을 가졌는데, 아들의 이러한 말을 들으니 아주 낙망이 되었던 것이다.

첫째 역시 어머니의 이러한 낙망을 손에 든 것처럼 꿰뚫었다. 그리고 말할 수 없는 비애가 이 방 안으로 가득히 들어차는 것을 그는 깨달았다. 첫째는 어머니의 이러한 모양이 보기 싫어서 휙 돌아앉아 새끼를 꼬기 시작하였다. 전 같으면 이 새끼를 꼬아서 할 것이 많건만, 이 새끼를 꼬기는 꼬나, 무엇에다 어떻게 쓰려는 예정도 나지 않았다. 그저 심심하니 앉아 있으면 가슴이 터지게 일어나는 이 의문과 비애! 이것이 안타깝고 귀찮아서

이것을 붙여 잡고 있는 것이다.

"이놈아, 글쎄 가만히 있지 왜 그 지랄을 벌여서 그 모양을 한단 말이냐. 암만 그래두, 우리는 없는 사람이니까 있는 사람에게 붙어살아야 하지 않니. 오늘부터라도 굶고 앉았겠으니 좋겠다! 이놈! 날 잡아먹지 못해 그래……. 그래도 밭을 부치면 장리쌀이라도 얻어 올 수가 있었지만, 누가 쌀 한 줌 줄 듯하냐."

"이거 왜 귀찮게 구는지 모르겠다!"

첫째는 소리를 버럭 질렀다.

"오냐 이놈아, 어려서부터 네놈이 어미의 머리끄덩이를 함부로 뜯어내더니, 그 버릇이 이때껏 남아서 밥 굶게 되었으니 좋겠다! 이놈!"

"흥 잘하는 것 내가 그랬겠군!"

"그랴, 그래서 너 누구 덕에 밥 먹고 큰 줄 아느냐. 이놈, 너도 지내봐라! 누가 잘못하고 싶어 잘못하는 줄 아느냐? 나도 배고파서 헐수할수없으니 그랬다! 너두 지내봐라! 어디 이놈!"

첫째는 이 말에 귀가 번쩍 틔며 이상하게도 가슴이 찌르르 울렸다. 그리고 나도 배가 고파서 헐수할수없으니 그랬다, 너두 지내봐라! 하던 어머니의 말이, 살대와 같이 그의 가슴폭을 선뜻 찌르는 듯하였다. 헐수할수없으니 그랬다! 이건 또 무슨 말인가? 또다시 그 실마리가 두루뭉텅이가 져서 올라오려고 하였

다. 그는 새끼 꼬던 짚을 밀어 내고 벌컥 일어났다. 그리고 벼락
치듯 문을 열어젖히고 나와 버렸다.

어느새에 싸락눈이 바슬바슬 떨어진다. 뜰 한 모퉁이에 쌓아
둔 나뭇가리에 싸락눈 쌓이는 소리가 한층 더 뚜렷하다. 그는
저 싸락눈을 보니 한층 더 가슴이 죄어들었다. 원 나무나 해다
팔아서 쌀말이나 마련해 올까. 그러나 그놈의 산림 감시 놈들이
나무를 베게 해야 말이지. 법? 그는 발길을 쿵 하고 드놓았다.

47

한참이나 우두커니 섰던 첫째는 어느 동무네 집에나 가 볼
까? 하고 생각해 보았다. 그러나 아까 면사무소 앞에서 자기를
비웃는 듯이 돌아보던 동무들을 얼핏 생각하며, 그만 지게를 걸
머지고 어정어정 나왔다.

싸락눈이 그의 다는 얼굴을 선득선득하게 하여 준다. 그는 뿌
옇게 보이는 앞벌을 바라보며 한숨을 푹 쉬었다. 아직까지 그의
온갖 희망과 포부가 이 벌 전부였던 것을 그는 다시금 생각해
보았던 것이다. 그러나 이 벌을 잃어버린 지금에 와서는 그에게
무슨 희망과 포부가 있으랴! 단지 그의 앞에 가로질린 것은 캄

캄한 암흑뿐이었다.

　그는 일하러 나올 때마다, 괭이를 높이 둘러메고 끝없는 공상에 잠기곤 하였다.

　농사를 잘 지어서 먹고, 남는 것을 팔아서 저축해 두었다가 그 돈으로 밭 사고, 그리고 선비를 아내로 맞이해서, 아들딸 낳아 가면서 재미나게 살아 보겠다고 그는 몇 번이나 생각해 보았던가! 그는 자기의 이러한 어리석었던 공상을 회상하며 픽 웃어 버렸다. 따라서 희망에 불타던 그의 씩씩한 눈망울은 비웃음과 저주로 변하는 것을 확실히 볼 수가 있었다.

　어느덧 그는 원소까지 왔다. 앙상한 버드나무숲은 어찌 보면 자기 신세와도 흡사하였다. 그러나 다시 한 번 그 숲을 쳐다보았을 때, 오는 봄에 싹 돋으려는 씩씩한 기운을 발견할 수가 있었다. 그는 버드나무를 의지하여 원소를 내려다보았다. 그때에 생각킨 것은 원소의 전설이다.

　'그들도 법에 걸려 혹은 죽고 혹은 매를 직사하게 맞았다지.'

　몇 천 년이나 몇 백 년이 되었는지 분명하지 못한 그 옛날의 농민들도 자기와 같은 그런 궁경에 빠졌던 것을 새삼스럽게 느끼며 다시금 원소의 푸른 물을 들여다보았다.

　그때 뒤에서 신발 소리가 난다. 그는 누가 물 길러 오는구나, 하고 생각되었으나 머리를 돌려 바라보고 싶지 않았다. 누구나 자기를 보면 밭 뗴인 것을 조소하는 듯하여 그만 얼굴이 뜨뜻해지곤 하였던 것이다.

신발 소리는 차츰 가까워진다. 그 신발 소리를 듣고 한 사람이 아니고 여러 사람이라는 것을 직각하였다. 그래서 그는 여기 섰기가 좀 열적은 듯하여 버드나무 옆을 떠났다. 그래서 그가 저편 길로 옮아 섰을 때, 원소로 가는 두 여인을 발견하였다. 그 순간 그는 전신의 피가 갑자기 활기를 띠고 숨이 가쁘도록 심장이 뛰었다. 그는 멈칫 서서 바라보았다.

빨래 함지를 무겁게 인 여인 중, 그 하나가 선비가 아니었느냐! 귀밑까지 푹 눌러 쓴 흰 수건 밑으로, 껍질 벗긴 밤알처럼 윤택해 보이는 그의 얼굴! 내리는 눈에 가리어 아리송아리송하게 보였다. 그러나 전날 선비와 같이 다정한 감을 주지 않고 웬일인지 차디찬 조소를 그의 윤택한 살갗을 통하여 차츰 농후하게 던져 주었다.

빨래 함지를 내려놓은 그들은 빨래를 돌 위에 놓고 빵빵 두드린다. 그 소리는, "이 자식 너 밭 뗴였지, 너 밭 뗴였지." 하는 소리같이 들렸다. 그는 한참이나 어쩔 줄을 몰랐다. 그때 선비가 방망이를 놓고 빨래를 헹구며 흘금 바라본다. 그는 얼핏 돌아서고 말았다. 갑자기 현기증이 일어나며 앞이 아뜩하였다. 그는 작대기를 꾹 짚으며, 계집은 해서 뭘 하는 게냐! 그는 이렇게 중얼거렸다. 그리고 천천히 걸었다.

방망이 소리는 그가 걸을수록 점점 희미하게 들렸다. 그리고
선비의 그 모양까지도 차디찬 얼음덩이 같아지는 것을 그는 우
뚝 서며 보았다. 그것은 자기 머리에 언제부터 들어앉았던 그
고운 선비의 환영이 이렇게 변하여지는 것이, 그가 눈을 크게
뜰 때마다 확실히 인식되었다.

그는 산등에 올라 되는 대로 주저앉았다. 그리고 지게를 진
채 멍하니 산 아래를 굽어보았다.

그때에 떠오른 것은, 어려서 이 산등에 나무하러 왔다가 선비
를 만나 싱아를 빼앗아 먹던 기억이다. 따라서 그때부터 자기가
선비를 맘 한구석에 생각하였다는 것이 옛날을 회상할수록 뚜
렷하였다. 그러나 그렇게 사모하던 선비를 한 번 만나 이야기도
못 해 보고 그만 영원히 만나지 못할 생각을 하여, 무의식간에
그는 작대기를 들어 그의 발부리를 힘껏 후려쳤다. 그리고 벌떡
일어났다.

싸락눈은 아까보다 더 내리는 듯하다. 그 속으로 멀리 보이는
동네! 벌써 집집에서 흐르는 저녁연기가 구불구불 선을 긋고
올라간다. 그때 그는 무심히 이 서방이 이젠 들어왔을까? 하고
생각하였다.

48

첫째는 산 옆으로 돌아가며 마른 풀을 베어 가지고 돌아왔다. 그가 동구까지 왔을 때 집집에서 흘러나오는 밥 잦히는 솥뚜껑 소리며 청어 굽는 내가 그의 구미를 버쩍 당기게 하였다. 그 순간 그는 어젯저녁에 밥이라고 좀 먹어 보고는 오늘 아침은 국물만 되는 소죽 먹은 기억이 그의 가슴을 더 쌀쌀하게 하였다. 그러나 집에 가면 이 서방이 그 시커먼 밥자루에 밥을 가득히 얻어 가지고 왔을 생각을 하니 발길이 얼른얼른 내디뎌졌다.

그가 집까지 와서 나뭇짐을 되는 대로 벗어 놓고 분주히 방으로 들어가며 이 서방의 신발부터 있는가 하고 보았다. 그러나 찬바람이 실실 도는 봉당에 어머니의 짚신만이 놓여 있다. 그는 멈칫 섰다. 이 서방이 안 왔나? 하는 생각을 하며 방문을 열었다. 어머니는 아랫목에 누웠다가 벌컥 일어나며,

"이 서방이우?"

그때 첫째는 앞이 아뜩해지며 이때까지 이 서방이 오지 않았음을 알았다. 그의 어머니는 첫째임을 알자 곧 도로 누워 버렸다. 그리고 으흠 하고 신음하는 소리가 방 안을 그윽이 울려 주었다.

그는 방문을 쿡 닫고 돌아섰다. 이 서방이 왜 안 와 하고, 차츰

어두워 가는 저 밖을 바라보았다. 이 서방이 밥자루를 무겁게 들고 돌아올 길에는 눈만이 푹푹 쌓일 뿐이고, 검정개 한 마리 얼씬하지 않았다. 그는 무슨 생각을 하고 밖으로 튀어나왔다. 그리고 읍으로 통한 신작로를 바라고 성큼성큼 걸었다.

수굿하고 걷다가는 한참씩 서서 바라보았다. 그러나 이 서방은 보이지 않았다. 저 산모퉁이를 돌아가면 이 서방이 오는 것이 보이려나? 하고 그 산모퉁이를 돌아와도 역시 눈송이만이 벌 떼같이 날 뿐이고, 이 서방 비슷한 사람조차도 볼 수 없었다. 그리고 이젠 사방이 캄캄해서, 어디가 어딘지도 분간할 수 없었다. 어찌 된 일일까, 혹 길가에서 얼어 죽었나? 그렇지 않으면 몸이 아파서 어디 물방앗간 같은 곳에 누웠는가 하는 여러 가지 생각이 밤이 되어 갈수록 꼬리에 꼬리를 물었다.

이 밤부터는 바람까지 일어서 휙휙 하는 소리가 그치지 않았다. 그리고 싸락눈은 이젠 솜눈으로 변하여 무섭게 뺨을 후려친다. 첫째는 우뚝 서서 한참이나 생각하다가 아무래도 오늘 밤으로는 이 서방이 돌아오지 않을 것을 알고 그만 집으로 오고 말았다.

그 밤을 고스란히 새우고 난 첫째네 모자는 아침이면 이 서방이 오겠지 하고 기다렸다. 그러나 이 서방은 아무 소식 없다. 첫째 어머니는 아무래도 이 서방이 무슨 일을 만난 것 같았다. 그

래서 첫째를 보고,

"이애! 이 서방이 무슨 일을 만난 것 같으니 네 읍에 가 봐라."

어젯저녁만 해도 배고픈 것이 이렇게 견디기 어렵지는 않은 것 같았다. 그래서 어제는 걷기에도 별한 지장은 없었다. 그러나 이 아침부터는 너무 배가 고파서 운신을 할 수가 없다. 그는 어머니를 쳐다보며,

"배고파서 갈 수 있어야지? 어데서 밥 좀 얻어다 주슈."

첫째 어머니는 맥없이 누워 이렇게 말하는 첫째를 바라보며, 가슴이 찢어지는 듯하였다. 그는 어디서 밥술이나 얻어 보려고 바가지를 들고 밖으로 나왔다.

첫째는 어머니가 나가는 것을 보고 눈을 감았다. 수없는 그릇에 밥 담은 것이 얼씬얼씬 보여서 못 견딜 지경이다.

그는 다시 눈을 번쩍 떴다. 첫눈에 띈 것은 며칠 전까지 쌀 담아 두던 항아리였다. 그는 무의식간에 벌컥 일어나서 항아리 곁으로 왔다. 그리고 항아리를 기울여 보았다. 휑하니 비었다. 간 가을만 해도 쌀이 이 항아리로 가득 찼는데 벌써 그 쌀이 다 없어졌나? 하고 그는 다시 생각을 되풀이해 보았다.

가을에 밭 떼일 때 덕호가 특별히 생각하여 주노라고 하면서 빚과 장리쌀만 제하고 그 외에 비료값이니 이따금 꾸어다 먹은

쌀은 제하지 않고 그냥 첫째를 주었던 것이다. 그것이 이 항아리로 가득 찼던 것이다.

그때에는 이 쌀이 몇 달은 가리라고 생각했더니 막상 하루 이틀 먹어 보니 불과 두 달이 못 가서 그 가득하던 쌀이 흔적도 없어졌다.

그는 이러한 생각을 하며 쌀 항아리를 다시금 들여다보았다. 그리고 행여나 어디가 쌀알이 붙었는가 하여 항아리를 들고 문 편으로 와서 뱅뱅 돌려가며 들여다보았다.

그러나 쌀 한 알 발견하지 못하였을 때, 그는 한숨을 푹 쉬며 항아리 전에 머리를 기대고 문을 바라보았다.

그때 그의 눈에서는 눈물이 술술 흘러내렸다. 마침 밖에서 신발소리가 나므로 그는 벌떡 일어났다.

49

방문이 열리며 어머니가 들어온다.

"난 이 서방이라구."

"잡놈, 배는 용히 고픈 게다."

첫째 어머니는 이렇게 말하며 손에 든 바가지를 그의 앞으로 밀어 놓는다. 첫째는 얼른 들여다보니 도토리며 밥이 들어 있었다. 그때 첫째는 식욕이 욱 하고 치밀어 그의 어머니까지 밥으로 보였다. 그래서 바가지를 빼앗듯이 받아 가지고 손으로 움켜쥐어 먹었다. 언제 술을 들고 저를 놀리고 가 다 배부른 사람들의 장난이지, 이때 첫째에게 있어서는 필요하지 않았다.

"이애 작작 덤벼라!"

첫째 어머니는 자기도 몇 술 얻어먹을까 하였다가, 아들이 저렇게 집어 먹었으니 도토리 한 알 입에 대어 보지 못하였다. 따라서 첫째 어머니는 야속한 생각과 같이 못 견디게 가슴이 쓰리었다.

"또 없수?"

눈이 뻘겋게 뒤집힌 첫째는, 어머니가 밥을 더 얻어 오고도 내놓지 않는 것만 같아서 이렇게 대든다. 첫째 어머니는 아들을 한참이나 노려보았다.

"이애 무섭다. 흥! 혼자 다 처먹구두, 뭐가 나뻐서 그러냐."

이 말을 하지 않고는 곧 가슴이 바늘로 찌르는 것 같아서 참을 수 없었던 것이다. 그리고 아까 길에서 왜 내가 한술이라도 먹지 않았나! 하는 후회가 일어난다. 첫째는 먹은 것도 없이 먹었다는 말만 들으니 기가 막혔다.

"날 뭘 주었기 그래!"

첫째는 바싹 대든다. 그의 눈에서는 불이 펄펄 날아 나오는 것 같았다. 첫째 어머니는 너무나 어이가 없어서 돌아앉으며 그만 벽을 향하여 누워 버렸다. 어머니의 모양을 물끄러미 바라보는 첫째는 어머니가 밥이라면 그저 이 배가 터지도록 먹으련만, 하였다.

"그 밥은 어서 난 게유?"

아무래도 그 밥의 출처를 알아 가지고 좀 더 먹어야지, 뱃속이 요동을 해서 못 견딜 지경이다. 그의 어머니는 그린 듯이 누워 있을 뿐이고 아무 대답도 하지 않았다.

첫째는 어머니의 궁둥이를 냅다 차고 싶은 것을 꾹 참으며 천장을 멍하니 쳐다보았다. 누구네 집에 가서 밥을 좀 얻어먹나? 개똥이네 집에나 가 볼까? 하고 벌컥 일어날 때, 생각지 않은 트림이 꺽 하고 올라온다.

그의 어머니는 갑자기 방바닥을 치며,

"이놈아, 너만 트림까지 하도록 처먹을 것이 뭐냐!"

자기도 몇 술 주어서 같이 먹었다면 이렇게 가슴은 아프지 않았으리라는 생각이 들었던 것이다. 첫째는 달려들어 어머니의 궁둥이를 내려 밟았다.

"날 뭘 주었어? 한 바리를 주었어, 한 대접을 주었어, 뭘 얼마나 주었어?"

그의 어머니는 악이 치받쳐서 벌떡 일어나며 첫째에게로 달려들었다.

"이애 이놈의 새끼야, 넌 트림까지 하지 않니. 처먹었기에 트림을 하지. 이놈아, 그래 너만 처먹고 살려느냐, 다른 사람은 다 죽고⋯⋯. 그것을 같이 먹겠다고 가지고 오니께 저만 다 처먹어. 어데 보자 이놈아, 에미를 그렇게 하는 데가 어데 있냐, 하늘이 있느라! 응, 응."

목을 놓고 운다. 첫째는 우는 꼴이 보기 싫어서 밖으로 뛰어나왔다.

뜰 위에 소복이 쌓인 눈 위에는 신발 자국이 뚜렷이 났다. 그는 멍하니 그 발자국을 바라보다가 이 서방이 오늘은 오려나 하고 저 앞을 바라보았다.

어머니는 여전히 뭐라고 몹시 떠들면서 운다. 첫째는 이 서방이 오는가? 오는가 하여 가슴을 졸이다 못해서 그만 누구네 집에든지 가서 한 술 얻어먹으리라 하고 문밖을 나섰다. 그가 개똥이네 싸리문 안에 들어서니, 개똥 어머니가 문을 열고 내다본다. 전 같으면 어서 들어오라고 할 터인데 그런 말은 없고 거칠게 눈을 뜨고,

"왜 왔는가?"

"개똥이 있수?"

"이제 면장 댁에 일하러 갔네. 왜?"

그는 할 말이 없다. 그래서,

"그저 놀러 왔댔수."

얼른 이렇게 말하고 돌아서 나왔다. 이젠 누구네 집에를 좀
가 볼까 하며 어정어정 걷다가 멈칫 섰다.

저리로부터 덕호와 어떤 양복쟁이가 궐련을 피워 물고 이리
로 온다. 그는 머리를 푹 숙이고 이편 골목으로 들어섰다. 그들
은 무슨 이야기를 하며 지나간다. 그때 덕호는 손에 든 단장을
휙휙 돌린다. 덕호의 얼굴을 대하는 순간 첫째는 전신의 피가
머리고 치밀고 온몸이 푸르르 떨리었다.

50

그날 밤 밤이 퍽 깊은 후에 첫째는 밖으로부터 들어왔다.

"어머이!"

방 안으로 들어선 첫째는 목멘 소리로 어머니를 불렀다. 첫째
어머니는 이 서방인 줄 알고 일어났으나 첫째 음성임에 대답도
하지 않고 도로 누웠다. 첫째는 어머니 손에 무엇을 들려준다.
그때 그의 어머니는 쌀내를 후끈 느끼며 손에 든 것이 쌀자루라

는 것을 깨닫자 단숨에 일어났다. 그리고 부엌으로 나가며,

"이애, 어서 널랑 나와서 불 때라!"

첫째는 어머니를 따라 부엌으로 나왔다. 그리고 아궁에 불을 살라 넣었다. 그의 어머니는 쌀을 졸졸졸 일어 내리며 아궁이에서 흘러나오는 불빛에 비추이는 아들의 하반신을 흘금 바라보았다.

그때 그는 놀랐다. 그러나 다음 순간 그는 무슨 못 볼 것을 본 것처럼 곧 머리를 돌리고 말았다. 그의 옷은 갈가리 찢기었던 것이다.

첫째는 오래간만에 쌀 일어 내리는 소리를 들으니 얼마나 좋은지 몰랐다. 그래서 불빛에 어림해 보이는 물속으로 하얗게 보이는 쌀을 바라보며 몇 번이나 침을 모아 넘기다가 종내 못 견디어서 물독 곁으로 가서 물 한 바가지를 떠서 들이마셨다.

그들이 밥을 퍼 가지고 방으로 들어왔을 때 대문 소리가 쿵쿵 났다. 첫째는 눈이 둥그레지며 뒷문을 열고 나가 버렸다. 첫째 어머니는 얼른 밥그릇을 감추어 놓고 귀를 기울였다.

"자우? 첫째야, 자니?"

그 음성에 첫째 어머니는 왈칵 내달았다.

"어서 문 열어 주……."

숨이 차서 헐떡헐떡하는 소리가 들린다.

첫째 어머니는 봉당까지 나오기는 하고도 손이 떨리어 문을 열 수가 없었다. 그리고 누가 딴사람이 이 서방이라고 거짓말을 하지 않는가 하는 불안이 든다.

"문 열어 주, 아이구! 에……, 으흠."

"아니 정말 이 서방이유?"

첫째 어머니는 문 새에다 입을 대고 이렇게 물었다. 이 서방은 기가 막히는 모양인지 머리로 대문을 쿵 받는다.

"아이 참 이 서방이구려! 이 서방 어서어서."

그제야 첫째 어머니는 안심을 하고 문을 열었다. 이 서방은 벌벌 기어들어 온다.

"아니 나무다리는 어찌했수?"

"아이구!"

소리를 내며 그는 아무 말 없이 방 안으로 들어와서는 맥없이 누워 버렸다. 그리고 앓는 소리를 무섭게 하였다. 첫째 어머니는 감추어 두었던 밥그릇을 꺼내 놓고 밥 한 그릇을 다 먹은 후에야 정신이 조금 들었다. 그리고 이 서방의 몸이 불편하다는 것을 깨달았다.

"그런데 어데가 아프시유?"

이 서방은 역시 아무 말이 없다. 그때에 첫째 어머니는 겁이 나서 바싹 다가앉아서 그의 머리를 짚어 볼 때 방 안이 캄캄하다는 것을 비로소 알았다.

"불이나 좀 켰으면 좋겠는데. 기름이 있어야지."

이렇게 중얼거렸다. 이 서방은 으흠 하고 돌아누웠다.

"첫째는……, 첫째는."

이 서방이 말하는 것을 들으니 겁나던 것이 조금 덜리는 듯하였다.

"어디 아푸, 왜 그러우?"

"고뿔에 걸렸수."

"고뿔이요……. 그래 못 왔구려."

그때 뒷문이 부스스 열리며,

"이 서방 왔수?"

첫째가 묻는다.

"그래, 너……."

그다음 말은 하지 못하고 우는 모양이다. 첫째는 적이 안심하고 들어왔다.

"어머이, 밥!"

첫째 어머니는 밥그릇을 그의 손에 들려주었다. 이 서방은,

"내 자루에 밥 있다!"

첫째 어머니는 부엌쪽으로 나가서 나무 한 뭇을 더 넣고 들어왔다.

그 밤을 무사히 지낸 그들은 다음날 정오쯤이나 되어 눈을 떴
다. 방문에는 햇빛이 발갛게 비치었다. 첫째는 머리를 넘성하여
이 서방을 보았다. 본래부터 뼈만 남았던 그가 한층 더하여 마
치 해골을 대하는 듯하였다.

"이 서방!"

"왜."

감았던 눈을 번쩍 뜬다. 어젯밤 덥게 자서 그런지 오늘은 덜
아파하는 것 같았다.

"어데 가서 그렇게 안 왔수."

첫째는 원망스러운 듯이 바라보았다.

51

"난 아파서 죽을 뻔하였다. 네가 기다리는 것을 뻔히 알지만,
몸을 운신하는 수가 있드냐. 그러구 그 나쁜 놈의 애새끼들이
내 나무다리를 어디다 감추고 주어야지. 흠!"

한숨을 푹 쉬며, 첫째를 바라보는 그 눈에는 세상을 원망하는
빛이 가득하였다. 첫째는 가슴이 찌르르 울렸다. 그리고 이 서
방이 없는 동안에 자기가 당한 일을 얼핏 생각하였다. 불과 사

오 일 동안이건만, 몇 십 년 동안이나 지난 것처럼 지리하고 아득해 보였다.

첫째 어머니는 불을 한 화로 담아 가지고 들어왔다. 방 안이 훈훈해지는 것을 그들은 느꼈다. 이 서방은 그의 동냥자루를 보았다.

"첫째 떡 구워 주."

떡이란 말에 첫째는 구미가 버쩍 당기어서 벌떡 일어나 앉았다. 그리고 어머니가 시키면 자루 안에서 한 개씩 꺼내 놓는 떡을 얼른 집어 뚝뚝 무질러 먹었다.

"이애 궈 먹어라."

첫째 어머니는 불 속에 떡을 집어넣었다.

이 서방은 물끄러미 이것을 바라보며 가슴이 후련해졌다. 어젯밤 그가 떡자루를 목에 매달고 눈 위를 기어올 때는, 그만 머리가 떨어지는 듯하고 숨이 차서 떡자루를 몇 번이나 내버리려다가도, 집에서 첫째와 첫째 어머니가 배를 곯아 가며 이 떡덩어리를 눈이 감기도록 기다리고 앉았을 생각을 하고는, 가다가 죽더라도 이 자루는 가지고 가야 한다 하고 필사의 힘을 다하여 가져온 저 떡!

그들 모자가 그 떡을 저 화롯불에 넣고, 어서 익으면 먹겠다고 머리를 기웃하여 화로만 들여다보는 저 모양! 이 서방은 이젠 이 자리에서 숨이 끊겨져도 원통할 것이 하나도 없을 것 같았다. 차라리 지금 먹을 것을 앞에 놓은 저들을 보고 그만 죽었으면 좋을 것 같았다. 이젠 더 밥을 얻으러 다니기도 괴로워서 못 견딜 지경이다.

이러한 생각을 하며 그는 무의식간에 다리를 만져 보다가,

"그놈의 새끼들! 글쎄, 남의 다리는 왜 가져가."

그때 다리를 빼앗기던 장면이 획 떠오른다.

"누가 다리를 앗아 갔수?"

"애새끼들이 나 연자방앗간에 누웠는데 달려들어 오더니 글쎄 그것을 빼앗아 갔지! 흥 그놈의 새끼들."

"그놈의 새끼들을 그대로 둬요? 모두 목을 꺾어 주지!"

첫째는 눈을 부릅뜨며 이렇게 말하였다. 첫째 어머니는 첫째를 노려보았다.

"이애! 너두 그 버릇 좀 고쳐라! 툭하면 목을 부러친다는 말은 그 웬 수작 따위냐?"

"아 그래, 그따위 새끼들을 그만두어야 옳겠수?"

"세상에 옳은 일은 다 맘대루 하는 줄 아니? 흥 저놈의……."

그때 모자의 머리에는 어젯밤 일이 지나친다. 첫째는 머리를 숙였다. 그리고 한참이나 화로를 들여다보던 그는 머리를 들며,

"이 서방, 법이 뭐나?"

뜻하지 않은 이 말에 이 서방은 무슨 말인지 알 수가 없었다.

"법?"

첫째는 이 서방이 알아듣지 못한 것을 알고, 무엇이라고 설명하여 깨치어 주렸으나, 뭐라고 말을 해야 할지 몰라 멍하니 바라보았다.

"법이 무슨 말이야, 법?"

이 서방은 안타까워서 또다시 채쳐 묻는다.

"아니 왜 법이라구 있지, 왜."

"아? 이애 똑똑히 말해, 법이 뭐냐?"

그의 어머니도 첫째를 바라본다. 첫째는 눈살을 찌푸렸다.

"모르겠으면 그만두!"

소리를 가만히 치고 나서 화롯불을 헤치고 떡을 꺼내 먹는다. 첫째 어머니는 그중 말큰말큰하게 익은 찰떡을 골라 이 서방을 주었다.

이 서방은 받아서 한 입 씹을 때 눈물이 주르르 흘러내렸다. 첫째 어머니도 이 모양을 바라보며 목이 메어 울었다. 첫째는 휙 돌아앉았다.

"울기는 왜들 울어, 정 보기 싫어서."

이렇게 중얼거리며 빨간 문을 시름없이 바라보았다. 그때 원소에서 빨래하던 선비가 보인다. 그리고 그날 군수가 연설하던

말이며 개똥네 집에 밥 얻어먹으러 갔던 것, 길에서 덕호를 만
나던 일이 획획 지나친다.

"법이 무슨 말이냐?"

이 서방이 다시 묻는다. 첫째는 얼른 돌아보았다.

"답답해 죽겠수, 왜 법에 걸리면 주재소에 잡혀가지 않우."

첫째는 전신에 소름이 쭉 끼쳐진다.

52

첫째는 법을 설명하느라 이렇게 말하는 새, 어젯밤 자기의 행
동이 역시 법에 걸린 노릇임을 가슴이 뜨끔하도록 느꼈다. 그의
가슴에는 또다시 그 실뭉치가 욱 쓸어 올라온다. 그리고 어머니
가 하던 말이 얼핏 생각킨다.

"배가 고파서 헐수할수없이 그랬다!"

역시 자기도 배가 고프니 헐수할수없이 그랬다. 그러나 법에
는 걸려들 일이다. 그때는 배고픈 차라 아무것도 생각나는 것
없이 그저 먹을 것만 찾기에 몰랐으나 이렇게 떡이며 밥을 먹고
나니 자신은 법에 걸릴 노릇을 또 한 가지 하였던 것이다.

이 서방은 그제야 알아는 들었으나 뭐라고 설명할 아무것도

없다.

"법이 법이지 뭐냐, 본래 법이란 것이 있느니라."

"그저 본래부터 있는 게나?"

"암! 그렇지! 그저 법이니라."

이 서방은 이 법이란 것이 어떤 사람이 만든 것이 아니라 사람이 나기 전부터 이 세상에는 벌써 이 법이란 있었던 것같이 생각되었던 것이다.

이 말을 들은 첫째는 한층 더 말로 형용할 수 없는 비애를 느꼈다. 동시에 벗어나지 못할 철칙인 이 법! 어째서 자기만이, 아니 그의 앞에서 신음하고 있는 이 서방, 그의 어머니만이 여기에 걸려들지 않고는 못 견딜까?

그는 이러한 생각에 온 가슴이 뒤끓기 시작하였다. 그리고 쌀 잃어버린 집에서는 지금쯤 떠들 것이다.

물론 주재소에 가서 도적맞았다는 말을 하였을 터이지. 순사는 조사하러 떠났는지도 모른다. 보다도 우리 집 문밖에 서 있는지도 모르지? 이렇게 생각을 하며 문 편을 흘금 바라보았다.

바람이 불어도 순사가 오는 것 같고, 이 서방이 뒤쳐만 누워도 누가 문을 열고 들어오는 듯하여 첫째는 그 큰 눈을 둥그렇게 뜨고 흘금흘금 문 편을 바라보곤 하였다.

이렇게 가슴을 졸이면서도 첫째는 또다시 이 노릇을 하지 않고는 견디지 못하였다. 그래서 밤마다 그는 나가곤 하였다. 이서방과 그의 어머니는 첫째를 대하여 아무 말도 못 하면서도 날이 갈수록 가슴만은 바짝바짝 타들어 왔다.

어떤 날 밤에 첫째가 들어왔을 때 이 서방은 그의 곁으로 바싹 앉았다.

"첫째야! 너 그만 이 동네를 떠나라!"

첫째는 씩씩하며,

"왜?"

"왜는 왜! 떠나야 하지, 여기만 사람 사는 데냐. 말 들으니, 서울이나 평양에는 공장이라는 것이 있어 가지고, 우리같이 없는 사람들이 그곳에 들어가 돈 받고 일하며 살기 좋다더라. 너두 그런 곳에나 가 보렴."

오늘 낮에 순사가 왔다 간 후로 이 서방은 번쩍 더 겁이 났다. 그리고 첫째가 이 밤으로라도 잡힐 것만 같았던 것이다.

"나는 이웨……, 이렇게 병신이니까 어데를 못 가나, 너같이 다리만 성하다면 이 구석에만 박혀 있겠니."

말을 듣고 보니 그 말이 옳은 듯하였다.

"이 서방 꼭 알우? 뭐, 응, 공장이라는 것이 있는 것을 꼭 알어?"

"내니 똑똑히야 알겠니……마는 서울이나 평양에서 온 동무

들이 그렁하두나! 그들도 젊었을 때는 모두 공장에 다니다가
늙으니까 그만두고 나와서 얻어먹누라고 허더라."

"그럼 나가 보겠수!"

공장에서 돈 받고 일한다는 말을 들으니 그의 캄캄하던 앞길
에는 다시 서광이 환하게 비쳐지는 것을 깨달았다. 그리고 한시
라도 이런 곳에 있고 싶지 않았다. 그래서 그는 벌떡 일어났다.

"이 서방, 난 그럼 이번 나가서는 평양이나 서울까지 가 보겠
수."

이 서방은 그가 불시에 잡힐 것 같아서 이런 말을 하였으나
금방 떠나겠다는 말을 들으니 앞이 아뜩해졌다.

"뭐 그렇게 가?"

"가지! 그럼. 몰라서 이런 곳에 있지."

그는 밖으로 나가며,

"이 서방 잘 있수. 내 돈 많이 벌어 가지고 올게. 어머이보군
잠자꾸 있수."

이 서방은 요새 첫째가 만들어 준 나무다리를 짚고 그의 뒤를
따랐다.

"이애 나두 잘 몰라, 공장이라는 것이 있는지 없는지. 그러니
네가 읍에 들어가서 잘 알아보고 떠나라. 그저 가기만 하면 어
떻게 한단 말이냐."

첫째는 아무 말 없이 달아난다. 이 서방은 기가 나서 쫓아간다. 이제 떠나면 다시 볼지 말지 한 첫째! 그는 마지막으로 손이라도 잡아 보고 싶은 맘에 허둥지둥 동구 밖을 벗어났다. 그러나 첫째는 보이지 않았다. 그때 저 산등 위로 그믐달이 삐죽이 내밀었다.

53

함박눈이 소리 없이 푹푹 내리는 십이월 이십오 일 아침, 용연 동네는 높은 집 낮은 집 할 것 없이 함박꽃 같은 눈송이로 덮였다.

이윽고 종소리는 뎅그렁뎅그렁 울려온다. 그 종소리는 흰눈을 뚫고 멀리멀리 사라진다.

"이애, 벌써 종을 치누나."

옥점 어머니는 말큰말큰한 명주옷을 갈아입으며 곁에서 그에게 옷을 입혀 주는 선비를 보고 속히 입히라는 뜻을 보였다. 그는 치마를 입히고 나서 저고리를 들었다. 옥점 어머니는 입었던 저고리를 얼른 벗었다. 그의 토실토실한 어깨 위가 둥그렇게 드러났다.

"내 딸 용키는 해! 벌써 내 뜻을 알고 따땃이 해 두었구나."

아랫목에 미리 놓아두었던 것이므로 잔등이 따뜻하였다. 그
때 문이 열리며 덕호가 들어왔다.

"당신은 안 가려우?"

덕호는 아랫목에 와서 앉아 담배를 피워 문다.

"사무는 안 보고 갈까?"

"이렇게 기쁜 날 사무 좀 보지 않으면 못 쓰우, 뭐."

웃음을 머금고 옥점 어머니는 덕호를 쳐다보았다. 간난이를
내쫓은 후부터는 별로 싸우지를 않았다.

"오늘 연보를 해야겠는데. 좀 주려우."

옥점 어머니는 저고리 고름을 매고 버선을 신는다.

"무슨 연보를 또 하나?"

"오늘은 특히 없는 사람……. 저, 걸인들 말이요, 그런 불쌍한
사람들을 구제하기 위하야 연보를 한다우. 좀 주오. 그런데 많
이 하는 사람은 특히 이름을 써서 벽에 붙인다우. 하필 믿는 사
람만 연보를 하는 게 아니라 구경 왔던 사람들 중에서도 연보하
고 싶은 사람은 연보를 한다우. 당신도 가서 한 오 원 내구려."

덕호는 픽 웃으며,

"웬 돈이 있나?"

"글쎄 내 낮을 보아 하는 게지, 뭘 그러시우. 그러지 않아도

면장댁, 면장댁 하는데…….”

“아, 저 사람은 뻔히 보면서도 저래. 웬 돈이 있는가.”

“글쎄 오늘만 줘요. 내 몫으로 한 이 원 하고 당신 몫으로 한 오 원 해서, 합해서 칠 원만 합시다.”

남편의 이름과 그의 이름이 교회당 벽에 가지런히 씌어질 생각을 하며 이렇게 말하였다. 덕호는 담배꼬투리를 재떨이에 팽개치며,

“그 정, 어데 살겠기, 자꼬 쓰는 데는 많고 벌지는 못하고 어쩐단 말이…….”

덕호는 혼자 하는 말처럼 중얼거리며 조끼 주머니에서 지갑을 꺼낸다. 옥점 어머니는 손을 벌리고 대들었다.

“이 사람, 글쎄 돈은 어디서 낳는가.”

십 원짜리 지화를 내쳐 준다. 그는 입을 실룩실룩하였다. 그가 좋아할 때마다 이런 버릇이 있었다.

“할멈, 어서 가우.”

옥점 어머니는 지화를 주머니에 넣으며 소리쳤다. 뒤미처 할멈이 들어왔다.

“그럭허고 갈 테야? 남부끄럽게.”

그의 시커먼 저고리를 보며 소리쳤다. 그 소리에 할멈은 머뭇머뭇하였다.

"어서 다른 저고리 갈아입어! 그게 뭐야. 무명 저고리 있지,
왜?"

선비는 냉큼 일어나서 할멈 방에서 무명 저고리를 가지고 들
어왔다. 할멈은 올 가을에 새로 한 이 무명 저고리를 아까워서
입지 못하고 두었던 것이다. 할멈은 선비가 주는 무명 저고리를
받아 입고 나서, 옥점 어머니가 깔고 앉을 방석과 책보며 신 넣
을 주머니까지 들고 나섰다. 옥점 어머니는 덕호를 돌아보며,

"그럼 저녁엘랑 꼭 가우?"

대답을 듣고야 가겠다는 듯이 말똥말똥 쳐다본다. 덕호는 빙
긋이 웃어 보이며,

"글쎄 형편 봐서 가지. 나 거……, 예배당에 가면 기도하는 꼴
보기 싫어서 못 가겠두먼, 그것 뭐야, 눈을 감고, 허허."

옥점 어머니는 또 저 소리가 나오누나 하고 돌아서 나간다.
선비는 나도 가 보았으면 하며 늘어놓은 옥점 어머니의 옷을 거
두어 착착 개고 있었다. 옆에서 물끄러미 바라보던 덕호는,

"너 전날 내가 말한 것은 생각해 두었느냐?"

선비는 놀라 덕호를 바라보다 머리를 숙인다. 선비는 말한 지
가 오래도록 덕호가 묻지 않으므로 아마 술김에 한 말인 게다
하고 스스로 풀어 버리고 말았던 것이다.

선비는 언제까지나 잠잠하였다.

54

"선비야, 내가 곧 묻고자 했으나 사무에 분주해서 그만 잊었구나, 허허. 아무래도 이 겨울이야 되겠니? 오는 봄에 가도 갈터이니까, 그렇지? 선비야."

그의 말은 몹시도 부드러웠다. 선비는 치미는 감격에 귀밑까지 빨개졌다.

"요새 사람치고 글 몰라서는 시집도 변변한 곳에 못 간다. 내가 너를 기위 내 집안사람으로 인정하는 이상 너 하나의 소원이야 못 들어주겠니. 자식도 없는 놈이, 허허허허."

덕호는 언제나 말끝마다 손 없는 것을 넣었다. 그가 넣고 싶어 넣는 것보다도 무의식간에 이렇게 넣게 되는 것이다.

"이애, 어서 말을 해."

덕호는 앉은걸음으로 선비 곁으로 와서 그의 머리를 내려 쓸었다. 선비는 조금 물러앉았다.

"그럼 공부 가고 싶지 않으냐?"

머리를 기웃하여 들여다본다. 그는 너무 어려워서 부스스 일어났다.

"왜 대답이 없어? 허허. 나는 너를 친딸같이 아는데……. 왜 너는 그렇게 어려워하니? 응 선비야! 거게 앉아서 말을 좀 해."

선비는 얼결에 일어는 났으나 도로 주저앉기도 싫고 그렇다고 나가기도 어려웠다. 그래서 선 채 우두머니 서 있었다.

덕호는 시계를 쳐다보더니 벌컥 일어났다.

"그럼 후일 또 물을 터이니, 이번에는 똑똑히 대답해. 어려울 것이 뭐냐, 부모 자식 같은 우리 새에, 글쎄 어려울 게 뭐야, 이 애!"

덕호는 선비의 다는 볼을 손으로 가볍게 후려쳤다. 선비는 주춤 물러섰다.

"허허. 그년, 이젠 제법 내외를 하려고 든다 말이어."

덕호는 이렇게 말하며 문을 열고 나간다. 그의 신발 소리가 중대문 밖을 나갔을 때, 그는 호 한숨을 쉬고 두 손으로 얼굴을 비비쳤다.

그때 이제 덕호의 손길이 부딪치던 것을 얼핏 느끼며, 참말로 나를 공부시켜 주려는 셈인 건가? 하며 주저앉았다. 후일 또다시 물으면 뭐라고 할까, 나 서울 가겠소! 그럴까? 아니! 나 공부시켜 주! 그러지. 아버지 나 공부시켜 주, 그래야지! 이렇게 입속으로 중얼거리고 나니, 참말로 그가 서울로 공부를 가는 듯싶었다.

그리고 그가 철 알면서부터, 입에 올려 보지 못한 아버지를 부르고 나니, 웬일인지 어색한 맛이 있으나, 그러나 아버지를 오랫동안 보지 못하다가 만난 듯한, 그러한 감격에 그의 가슴은 두근거렸다.

아버지가 왜 옥점 어머니 있을 때는 그런 말을 하지 않을까? 무의식간에 이렇게 생각하고 나니, 옥점 어머니 역시 어머니라고 불러야 될 것 같았다. 그러나 옥점 어머니만은 그의 진심으로 '어머니!' 하고 선뜻 불러지지를 않았다. 어머니 하면 벌써 돌아가신 그의 어머니가 얼른 생각키며 말할 수 없는 슬픔과 그리움에 잠기곤 하였다.

덕호가 옥점 어머니 없는 곳에서만 선비에게 이런 말을 해 주는 것은 옥점 어머니가 이 말을 들으면 으레 반대할 것이므로 이렇게 몰래 말하는 것이라고, 그는 깨달았을 때 덕호에 대한 감격이 한층 더해지는 것을 느꼈다.

그러나 결국은 옥점 어머니 몰래만은 할 수 없는 일이다. 아마 나중에 나 서울 보내 놓고 말을 하려나? 그렇지 않으면 내일처럼 서울을 가게 되면 오늘 밤쯤 이야기하려나? 하고 생각하니 옥점 어머니의 놀라는 표정과 까칠하게 거슬린 눈썹이 시재 보이는 듯하였다.

제 그러면 소용이 있나? 벌써 언제부터 아버지가 나를 공부시키려고 했는데, 하며 문 편을 흘금 바라보았다.

그가 이때까지 이 집에서 있게 된 것도 덕호가 자기를 끝까지

옹호하여 준 것이라고 생각하였다. 그리고 앞으로 자기의 장래까지도 덕호가 돌아보아 주지 않으면 안 될 것이라, 하였다. 보다도 주리라고 그는 믿고 있었다. 그러므로 어떤 때는 밤 오래도록 이 생각 저 생각을 하다가는 큰집 영감님이 다 알아서 해 줄 터인데, 하고 끝막음을 이렇게 막고는 그만 돌아누워서 잠이 들곤 하였던 것이다.

어려서부터 그의 어머니가 덕호를 가리켜 큰집 영감님, 큰집 영감님 하고 불렀으므로 그도 항상 큰집 영감님 하고 불렀다. 그러나 오늘 아침 처음으로 불러 본 아버지! 그는 앞으로 맘먹고 아버지라고 부르리라 굳게 결심하였다.

"아버지! 나 공부시켜 주."

그는 다시 한 번 되풀이하였다. 그때 그는 극도의 감격에 눈물이 글썽글썽해졌다.

중대문 소리가 찌꺽 하고 났다.

55

선비는 얼른 눈을 비비치고 유리창으로 내다보았다. 유 서방이 짚신을 삼아 가지고 들어온다. 선비는 문을 열고 나왔다.

유 서방은 빙글빙글 웃으며 마루까지 와서,

"이거 신어 봐라."

선비는 가는 웃음을 눈썹 끝에 띠며 짚신을 받아 들었다. 어제 유 서방이 그의 발을 재어 달라고 하므로 실을 끊어 재어 주었던 것이다.

"어서 신어 봐. 신어 봐서 안 맞으면 또 삼지."

"유 서방두……."

선비는 유 서방을 흘금 쳐다보며 이렇게 말하고는 신어 보려고도 하지 않았다.

"이애 신어 보라구."

유 서방은 자기가 정성을 다하여 삼은 것이 선비의 발에 꼭 들어맞는 것을 보고야 안심될 것 같았다. 선비는 신어 보려는 눈치를 보이고 허리를 굽혀 그의 발을 들여다보는 순간 그는 갑자기 얼굴이 빨개지며,

"후일 신어 봐요."

하고 얼른 방으로 뛰어 들어왔다. 그리고 다시 버선을 굽어보며 이게 무슨 필까? 어서 떨어진 게야. 아이 참, 망신을 하려니까 별일 다 있어! 하며 버선코 밑에 빨갛게 물들어진 동그란 흔적을 만져 보며 들여다보았다. 그것은 김칫물이 떨어져 말라진 자리였다. 그제야 그는 가볍게 한숨을 몰아쉬며 유 서방이 이것을

피로 보았으면 어쩌나? 하며 유리알로 흘금 내다보았다.

유 서방은 눈 위에서 이리 뛰고 저리 뛰는 검정이를 바라보며 빙글빙글 웃고 있다. 검정이는 유 서방의 웃는 눈치를 짐작함인지 혹은 눈이 오니까 좋아서 그러는지 주둥이로 눈을 헤치며 혹은 발로 긁어당기며 이리 뛰고 저리 뛰다는 딩굴딩굴 굴렀다. 그때마다 유 서방은,

"잘 논다! 하하. 잘 논다! 하하."

입속으로 이렇게 중얼거리며 웃었다.

유 서방에게 있어서는 저 검정이가 유일한 동무였다. 역시 선비도 그러하였다. 웬일인지 검정이는 유 서방과 선비와 할멈을 따랐다. 그것은 막연하나마 검정이에게 밥을 주는 까닭이라고 생각되었다.

한참이나 웃던 유 서방은 유리창으로 흘금 들여다보았다.

"신 맞니?"

선비는 얼른 곁에 놓인 신을 보며,

"네."

하였다. 유 서방은 만족한 듯이 중대문을 향하여 나간다. 검정이는 눈을 하얗게 뒤집어쓴 채 그의 뒤를 따라 나간다. 선비는 짚신으로 눈을 옮겼다. 그리고 신어 보니 꼭 맞는다.

"아이, 곱게두 삼았어."

그는 발을 들여다보았다. 그때 그는 유 서방이 자기를 생각하여 이렇게 신까지 삼아 주는 것이 끝없이 고마웠다. 반면에 그의 장래까지 누가 이렇게 신을 삼아 줄 것인가 하며 첫째를 생각하였다. 그는 나갔다지, 나쁜 일을 하다가 나갔다지……. 참 그가 웬일이어, 어미가 그러니 그 속에서 나온 자식인들 온전할 수가 있나.

그는 이렇게 생각하면서도 어쩐지 섭섭하였다. 그리고 나가기 전에 한 번 그의 얼굴이나마 보았더면 하는 아쉬움이 새로 삼은 짚신을 싸고 언제까지나 돌았다. 나는 공부할 터인데 별것을 다 생각해.

그날 밤 덕호네 집에서는 온 집안이 다 예배당으로 갔다. 오늘 밤은 특히 애들의 재미난 유희가 있다고 해서 유 서방이며 덕호까지도 모두 갔던 것이다.

크나큰 방 안에 선비 혼자 앉아서 낮에 틀던 목화를 틀며 여러 가지 생각을 되풀이하였다. 씨앗에서는 흰 구름 같은 솜이 뭉실뭉실 피어오른다. 마치 선비가 지금 생각하는 여러 가지 생각과 같이 그렇게 꼬리에 꼬리를 물고 피어오른다.

아까 낮에만 하여도 오늘 저녁에는 나도 예배당에나 좀 가 보았으면 하였더니, 뜻하지 않는 덕호의 말을 들은 담부터는 혼자 이렇게 앉아 서울 공부 갈 생각을 하는 것이 재미나고 좋았다.

그러므로 옥점 어머니가 할멈은 집이나 보고 자기를 데리고 가려는 것을 일부러 할멈을 보내었던 것이다.

학교 공부할 생각을 할 때마다 언제나 앞서 생각키우는 것은, 수놓는 것을 배우는 것이다.

그가 직접 본 것이란 그것뿐이니까 그러하였던 것이다. 그리고 공부를 하는 학생은 옥점과 같이 분과 크림과 배니칠을 하고, 또 양복을 입어야 하는 것 같았다.

따라서 남자들과도 부끄럼 없이 같이 다니고, 같이 밥 먹고, 같이 공부하는 것이라 하였다. 그는 이렇게 생각하니, 한편으로는 부끄럽고 괴롭고 그러고도 기쁜 감정이 서로 교착되어 가지고, 삐꺽삐꺽하는 씨아 소리를 따라 돌아가고 있었다. 그때 방문이 바스스 열린다.

56

뒤미처 찬바람이 선비의 등허리에 홀씬 끼친다. 그는 놀라 뛰어 일어났다.

"누구요?"

얼결에 소리를 지르며 돌아보니 뜻하지 않은 덕호였다. 선비는 너무 놀란 것이 무안하여 얼굴이 빨개졌다.

"놀랐니?"

덕호는 눈을 툭툭 털며 아랫목에 앉았다. 그리고 수염을 쓰다
듬었다.

"뭐 볼 것 없더라. 웬 잡것들이 그리 많이 왔는지, 구경이 아
니라 큰 고생이두구나."

묻지도 않는 말을 덕호는 늘어놓는다. 선비는 씨아틀을 가지
고 일어났다.

"왜, 왜 일어나니?"

"건넌방에 가서 틀래요."

"왜 여기서 틀지. 이애야 이애야, 나가지 말아, 나 좀 할 말이
있다."

선비는 씨아틀을 놓고 앉으며 아마 서울 공부 갈 말을 물으려
는 것이구나, 생각되었다.

"그 씨아틀은 놓고 이리 와 앉아, 웅 이애."

선비는 씨아틀도 만지지 않으면 앞이 허전한 것 같아서 그냥
붙들고 있었다. 덕호는 조금 올라와 앉는다.

"너 정말 공부 가고 싶으냐?"

웬일인지 선비는 가슴이 답답해지며 얼른 대답이 나가지 않
았다.

"왜 말을 안 해 이년아, 어른이 물으면 냉큼 대답하는 것이 아니라, 허허, 그년."

선비는 약간 웃음을 띠며 머리를 푹 숙인다. 그의 가슴은 부끄러움과 감격에 교착이 되어 무섭게 뛰기 시작하였다.

"그럼 안 갈 터이냐?"

덕호는 아는 듯 모르는 듯 선비의 앞으로 조금씩 다가왔다. 선비는 씨아틀을 보며,

"공부하겠어요."

겨우 이렇게 말하고 보니, 낮에부터 생각해 두었던 '아부지'가 빠졌다. 그래서 다시 말할까 하고 덕호를 흘금 쳐다보았다. 덕호는 빙긋이 웃었다.

"공부하겠어."

씨아틀에 가리워 반만큼 보이는 선비의 타는 듯한 볼! 덕호는 참을 수 없는 정욕의 불길이 울컥 내밀치는 것을 깨달았다. 그는 무의식간에 바싹 다가앉았다.

"가만히 앉었어! 누가 어쩌냐."

꿈칠 놀라 일어나려는 선비의 손을 덥석 쥐었다. 덕호의 손은 불같이 뜨거웠다. 그리고 약간 술내를 섞은 강한 장년 사나이의 냄새가 선비의 얼굴에 컥 덮씌운다. 선비는 어쩔 줄을 몰라 부들부들 떨었다.

"노셔요!"

점점 다가쥐는 덕호의 손을 뿌리치며 선비는 으악 쓸어 나오는 울음을 억제하였다. 그리고 벌컥 일어나렸을 때, 누런 살이 투덕투덕 찐, 늙은 호박통 같은 덕호의 볼이 선비의 볼 위에 힘껏 비비쳤다.

"선비야! 너 내 말 들으면 공부 아니라 그 우엣것도 네가 하고 싶다는 것은 다 시켜 줄게! 응! 이년."

선비는 얼굴을 획 돌렸다.

"아부지! 이것 노세요."

"허허허, 아부지! 아부지! 이 귀여운 년아, 아부지라면 왜 그렇게 무서워하누. 응, 이년 같으니."

덕호는 이렇게 중얼거리며 진저리가 나도록 선비를 꽉 껴안았다. 선비는 덕호가 취했어도 너무 취한 듯하였다.

"아부지 취하셨에요."

"응, 그래 이년, 나 취했다."

덕호는 씩씩하며 그의 입에 닥치는 대로 모조리 빨아 넘긴다. 선비는 덕호가 왜 이러는지? 아뜩하고 얼핏 생각나지 않았다. 그리고 그의 품을 벗어나려고 다리팔을 함부로 놀렸다. 덕호는 생선과 같이 그렇게 매끄럽게 뛰노는 선비를 통째 홀떡 들이마셔도 비린내가 나지 않을 것 같았다.

그래서 그는 씨아틀을 발길로 차서 밀어 놓고 선비를 안고 넘어졌다. 그리고 치마폭을 잡아당겼다.

"아부지, 아부지, 나 잘못했수! 잘못했수."

무의식간에 선비는 이렇게 중얼거리며 흑흑 느껴 울었다. 그리고 덕호를 힘껏 밀었다.

"이년 가만히 안 있겠니? 나 하라는 대로 안 하면 이년 나가라! 당장 나가!"

덕호는 시뻘건 눈을 부릅뜨고 방금 죽일 듯이 위협을 한다.

전날에 믿고 또 의지했던 덕호! 그리고 돌아가신 그의 아버지와 어머니같이 그의 장래를 돌보아 주리라고 생각했던 이 덕호가…….

불과 한 시간이 지나지 못해서 이렇게 무서운 덕호로 변할 줄이야 꿈에나 상상했으랴! 선비는 그 무서운 덕호를 보지 않으려고 머리를 돌리며 눈을 감아 버렸다.

〈2권으로 이어짐〉

강경애 대표 장편 소설 해설

인간 문제 1

■ 작가에 대하여

강경애 [姜敬愛, 1906. 4. 20. ~ 1943. 4. 26.]

1931년 《조선일보》에 〈파금〉을 발표하며 등단하여 1943년 사망
할 때까지 2편의 장편과 17편의 중단편을 집필하였다. 일제 강점
기 최고의 사실주의 작가 중 한 명으로, 치열한 문제 의식과 비판
의식을 담은 작품들을 발표했다.

황해도 송화에서 출생한 이후 홀어머니 밑에서 가난한 어린 시
절을 보내다가, 5세 때 재혼한 어머니를 따라 장연으로 이주했다.
이후 1921년 평양 숭의여학교에 입학하여 공부했으나 학생동맹
휴학 사건 관계자로 연루되어 중퇴하고, 서울의 동덕여학교에 편
입하여 약 1년간 수학하였다.

장연으로 돌아간 뒤 문학 공부를 하면서 야학 교사 일을 하다
가 1931년에 장하일과 결혼하였다. 간도 용정에서 살면서 작품을
발표하며 《조선일보》 간도 지국장으로 활동하였다. 건강이 악화
되어 1939년 고향인 장연으로 돌아와서 요양하던 중 1943년 작
고하였다.

문화체육관광부는 일제 강점기에 억압받던 하층민과 항일 무장운동가들의 삶을 소설로 그려 냈다는 점을 들어 강경애를 2005년 '3월의 문화 인물'로 선정했다. 대표작으로 〈축구전(蹴球戰)〉, 〈모자(母子)〉, 〈원고료 이백 원〉, 〈해고(解雇)〉, 〈지하촌〉 등의 단편 소설과 《인간 문제》 등의 장편 소설이 있다.

◆ **작품 개관**

1934년 《동아일보》에 연재된 《인간 문제》는 일제 강점기 조선의 농촌과 도시에서 착취당하던 농민과 노동자의 현실을 사실주의적 문체로 드러낸 문제작이다. 발표 당시에는 이기영의 《고향》 등에 가려 주목을 받지 못하였으나, 1980년대 들어 이른바 경향 소설에 대한 연구가 본격화되면서 1930년대 현실에 대한 비판적 안목을 드러내는 리얼리즘 소설로 높은 평가를 받았다.

소설의 앞부분에서는 장연이라는 농촌을 배경으로 일제와 결탁한 지주의 착취와 만행에 시달리는 소작농들의 고통을 다루고 있다. 악질적이고 탐욕스러운 지주 정덕호, 덕호의 머슴 노릇을 하다가 폭행당하고 숨진 선비의 아버지, 덕호에게 성적으로 농락당한 끝에 버림받는 가난한 농민의 딸 간난이와 선비, 타작마당에서 소작 농민들을 선동해 지주에게 대들었다가 보복을 당하고 굶주림을 못 이겨 마을을 떠나는 첫째, 친구인 선비를 학대하고

모욕하는 덕호의 딸 옥점 등의 다양한 인물 군상은 친일 지주와
농민들 사이의 계급 모순을 사실적으로 드러내 준다.

◆ 주요 등장인물

선비 자태가 곱고 마음씨가 고운 소작농 김민수의 딸. 부모를 잃
은 후 덕호의 집에서 하녀처럼 지내다가 덕호에게 정조를 빼앗긴
다. 덕호의 처와 딸인 옥점의 구박을 받다가 쫓겨나 친구인 간난
이를 찾아 서울로 떠난다. 서울에서 여공 생활을 하다가 간난이
와 함께 인천에 새로 지어진 대동 방적으로 옮긴다. 공장에서 은
근히 접근하는 감독의 유혹을 이기며 간난이와 함께 노동 운동
을 전개한다. 힘든 노동으로 폐병을 얻어 죽는다.

첫째 소작농의 아들로 태어나 어려서 아버지 없이 홀어머니 밑에
서 자랐다. 지주인 덕호의 횡포에 저항하다가 부치던 땅을 빼앗기
고 굶어죽을 지경이 되자 고향을 떠나 서울로 이주하여 막노동으
로 생계를 유지한다. 인천 부두에서 일을 하던 중 우연히 신철을
만나 교류하면서 자신의 처지에 대해 각성하고 노동 운동에 가담
한다. 부두 노동자들을 조직하는 동시에 대동 방적 여공들과 외
부 조직을 연결하는 일을 한다.

정덕호 용연 제일의 부자로 지주에다 면장까지 하면서 권력과 결

탁하여 농민을 착취하고 기만하는 인물. 첩을 바꾸어 가면서 아들을 낳고자 한다. 급기야 딸의 친구인 선비까지 성적으로 농락한다.

간난 선비의 친구이며 소작농의 딸. 덕호의 두 번째 첩으로 들어가지만 아들을 낳지 못하자 덕호에게 쫓겨나서 서울로 상경한다. 서울로 상경한 뒤 사상적으로 각성하여 '쫓겨난 첩'이라는 봉건적인 모습을 탈피하고 여공으로서 노동 운동에 주도적으로 나서는 여전사가 된다. 조직의 지시를 받고 선비와 함께 인천의 대동 방적에 취업한다. 여공들을 상대로 사상 교육을 하고 조직 운동을 하다가 탈출한다.

유신철 옥점이 다니는 학교의 선생 아들이자 경성제국대학 학생. 해변으로 수영을 하러 가다가 기차에서 우연히 만난 옥점의 권유로 용연 마을에 방문한다. 선비에게 반했으나 옥점의 방해로 말한마디 못하고 몇 달을 지내다가 서울로 돌아간다. 육체 노동의 어려움을 견뎌 내지 못하고 사상가로 변신하여 부두에서 만난첫째를 비롯한 노동자들에게 사상 교육을 하다가 체포된다. 그러나 재판을 앞두고 사상을 전향하여 풀려난다. 이후 취직도 하고부잣집 딸과 결혼하는 안락한 삶을 선택한다.

옥점 경성에서 신식 여학교를 다니는 정덕호의 외동딸. 신철을 사모하여 결혼하고 싶어하나 거부당한다.

◆ 줄거리

선비는 용연 마을의 소작농이자 머슴인 김민수의 딸이다. 선비는 아버지가 지주인 정덕호가 던진 산판에 맞아 죽고 어머니 역시 병으로 죽은 후, 정덕호의 집에 더부살이를 하는 처지이다. 이 마을의 최대 지주인 덕호에게는 선비와 동갑인 외동딸 옥점이 있다. 경성에서 유학 중인 옥점은 귀향길에 만난 유신철을 초대하여 여름 내내 고향집에 머무른다. 경성제국대학 졸업반인 신철은 옥점을 가르치는 선생의 아들인데, 용연 마을에 와서 자태가 곱고 솜씨가 얌전한 선비에게 마음이 끌려 접근할 기회를 노리지만 옥점의 질투 섞인 견제로 말 한마디 제대로 해 보지 못하다가 떠난다.

아들이 없는 정덕호는 여러 명의 첩이나 기생을 통해 자신의 아들을 얻으려는 노력을 하지만 번번이 허사로 돌아간다. 덕호는 옥점이 집에 데려온 신철을 사윗감으로 생각하고 잘 대접하여 보낸다. 그리고 자신을 은인이나 부모의 대리인으로 생각하는 순진한 선비에게 서울로 유학을 보내 준다고 꼬드겨서 선비를 성적으로 유린한다.

한편 어려서부터 선비를 좋아하던 가난한 소작인인 첫째는 동네 남자들에게 몸을 팔아 연명하는 어머니 밑에서 자라면서 울분을 간직하고 거친 행동을 보인다. 첫째와 소작농들은 같은 마을의 소작농인 개똥이네 타작마당에서 부당한 소작료에 대한 억울함을 토로하며 소동을 일으킨 뒤, 순사에게 잡혀가서 고생을 하고 나온다. 이후 주동자로 찍힌 첫째는 다른 소작농들을 선동했다는 이유로 부치던 땅까지 떼이고 주변의 냉대로 인해 살아갈 길이 막막해진다. 첫째는 굶고 있는 가족들을 뒤로 한 채 일자리를 찾기 위해 서울로 떠난다.

그 사이 서울로 돌아온 신철은 결혼을 적극적으로 원하는 옥점에게 혐오감을 느낀다. 그러다가 부자인 정덕호의 재산을 탐낸 신철의 아버지가 덕호와 합심하여 옥점과의 결혼을 압박하자 이에 반항하여 가출한다. 가출 후 신철은 일찍이 경험해 보지 못한 누추한 삶과 힘든 육체 노동을 겪으며 이념과 냉혹한 현실 사이의 차이를 절감한다.

선비는 덕호의 집에서 학대를 받다 내쫓기고, 자신과 비슷한 처지로 덕호의 첩이 되었다가 아들을 못 낳는다고 쫓겨나 마을을 떠난 친구 간난이를 찾아 무작정 서울로 향한다. 선비는 간난이와 함께 살며 공장에 취직하여 새로운 삶을 시작한다.

그러다가 선비는 간난이와 함께 인천의 대동 방적이라는 대규모 기숙사형 방적 공장에 취직한다. 이 공장은 수많은 여공을 기숙사에 수용하여 갖은 방법으로 노동력을 착취한다. 이미 사회주의 노동 운동에 깊숙이 개입하고 있는 간난이는 이러한 사정을 외부에 알리고 개선하기 위해 비밀 작업을 추진한다.

간난이는 방적 공장에서 일하는 틈틈이 공장 밖에 있는 조직과 연계하여 여공들을 대상으로 사상 교육을 통해 조직화를 시도한다.

한편 계급 운동을 하던 조직의 명령에 따라 서울을 떠나 인천으로 간 신철은 노동 현장에서 건강한 노동자인 첫째를 만나 친해지고, 차츰 그에게 사상 교육을 하게 된다.

첫째는 유신철을 통해 계급 의식에 눈뜨고, 부두 노동자들을 조직하여 계급 운동에 참여한다. 그러다가 당국의 대대적인 검거로 인해 신철은 체포되어 감옥에 수감되고, 첫째도 몸을 피한다.

이런 소식이 알려지자 간난이는 신변에 위험이 닥칠 것을 우려하여 밤중에 혼자 공장을 빠져나가면서 선비에게 뒷일을 부탁한다. 선비는 간난이가 맡기고 간 일을 대신해야 한다는 부담감과 공장 감독의 유혹, 공장의 열악한 환경 및 고된 노동에 시달린 끝에 폐병을 앓고, 결국 죽어서야 공장을 나온다.

한편 감옥에 수감된 신철은 판결을 앞두고 고민하다가 사회에 순응해 좀 더 편하게 살아가기로 결심한다.

첫째는 동료로부터 체포된 신철이 사상 전향을 하고 풀려나서 부잣집 딸과 결혼하고 취직도 했다는 소식을 전해 듣는다. 게다가 어려서부터 사모하던 선비의 시체가 시커먼 뭉치로 눈앞을 막는 것을 보며, 그 뭉치야말로 인간 문제라고 깨닫는다. 결국 인간 문제는 신철과 같은 지식인에게서 구할 것이 아니라, 노동자 자신이 스스로 해결해야 한다는 것을 뼈저리게 절감한다.

◆ **작가와 작품**

지식인 계급에 대한 불신

강경애는 일제 강점기 당시 소작인이나 노동자 등 사회 하층 계급의 빈곤한 삶을 사실적으로 묘사한 빈궁 문학 작가이다. 강경애는 카프(KAPF)의 정식 회원은 아니었지만 매우 뚜렷한 사회주의 경향을 보인 작가로, 당시의 사회 현상을 바라보는 관점이나 문제의식, 해결 방안의 제시 등에서 1920년대부터 문단의 중심에 있던 프로 문학(무산 계급 문학)을 대변한다고 볼 수 있다. 작가는 역사를 변혁할 힘과 의지가 부족했던 지식 인텔리에 대한 불신을 신철의 사상 전향을 통해 노골적으로 드러낸다.

작품의 결말부에서 선비는 나쁜 환경에서 장시간 무리한 노동을 하여 얻게 된 폐병 때문에 죽고, 첫째는 선비의 시신을 앞에 두고 해결해야 할 '인간 문제'를 깨닫는다. 첫째의 이러한 각성에 또 하나의 계기가 된 것은 지식인 출신으로 노동 운동에 뛰어들었던 신철의 전향이다. 신철의 전향에 대하여 첫째에게 소식을 전해 주는 철수의 말을 통해 강경애가 당대 지식인 계급에 대하여 어떻게 인식하고 있었는지를 간접적으로 알 수 있다.

"동무! 신철이 전향했다는 것이 그리 놀랄 것이 아닙니
다. 소위 지식 계급이란 그렇지요. 신철은 나오자 M국에
취직하고 더욱 돈 많은 계집을 얻고 했다우."

당시 사회 참여를 그린 작품들 다수가 지식인 출신의 계몽 운
동가의 헌신적 역할을 강조한 것에 비해 이 작품에서 유일하게
등장하는 경성제국대학 출신인 신철의 선택이나 행위는 지극히
평범하고 소시민적이다. 교사인 아버지의 안정적인 수입 덕분에
경성의 중류층 가정에서 고생이라고는 한 번도 해 본 적 없이 순
탄한 삶을 살아온 그에게는 노동이나 무산 계급의 문제란 그저
책에서 읽은 내용으로 미루어 짐작하고 판단하는 막연한 것일
뿐이다. 그렇기 때문에 그는 아버지의 결혼 압력에 저항하여 집
을 나와 가난을 현실로 경험하고 육체적 노동의 힘겨움에 맞닥뜨
리기 시작하자마자 자신이 선택할 수 있었던 안락한 삶(옥점과의
결혼, 출세)에 대한 미련을 한순간도 버리지 못한다.

어찌 보면 선비에 대한 애정과 그리움 역시 선비에 대해 제대로
알고 그녀의 삶의 고통에 공감하는 데서 나오는 것이 아니라 단
순히 선비의 빼어난 외모와 깔끔한 솜씨에 막연하게 매혹된 것이

다. 그 단적인 증거로 용연 마을에서 선비를 볼 기회를 노리던 신철이 호박 울타리에서 호박을 따는 '마디가 굵고 손톱이 갈라진' 못난 손을 보고 선비의 손일 리 없다며 불쾌하게 여기는 장면을 들 수 있다. 온종일 빨래며, 바느질이며, 다림질, 목화따기 등 집안 궂은일을 마다할 수 없는 선비의 처지를 생각해 볼 때, 그녀의 손은 일에 길들어 자연스럽게 거칠고 마디가 굵어졌을 것이다. 하지만 가난이나 노동에 대해 관념적이고 이론적으로만 접근하는 유신철은 선비가 '일하는 사람'이라서 좋다고 여기면서도 막상 그 손은 가늘고 곱기를 바라는 모순적인 몽상가인 것이다.

이런 유신철의 됨됨이를 보아 그가 자신에게 보장된 촉망된 장래를 포기하고 10년 넘게 수감될 수도 있는 감옥살이를 견딘다는 것은 쉽지 않은 일이다. 따라서 신철의 사상 전향은 앞부분의 그의 삶의 이력으로 미루어 충분히 예상 가능한 결과이며, 그의 입장에서는 결국 자신이 살아온 세계로 돌아가는 것으로 볼 수 있다.

◆ 작품의 구조

계급 갈등을 다룬 성장소설

작품의 전반부에서 갈등의 중심 축을 이루는 것은 지주 정덕호와 선비, 첫째로 대변되는 가난한 소작농 계급 사이의 갈등이다. 이러한 갈등은 작품의 서두에서 공간적 배치를 통해 압축적으로 전달된다. 소설의 배경인 용연 마을에 대한 첫부분의 묘사는 다음과 같다.

> 이 산등에 올라서면 용연 동네를 저렇게 뻔히 들여다볼 수 있다. 저기 우뚝 솟은 저 양기와집이 바로 이 앞벌 농장 주인인 정덕호 집이며, 그다음 이편으로 썩 나와서 양철집이 면역소며, 그 다음으로 같은 양철집이 주재소며, 그 주위를 싸고 컴컴히 돌아앉은 것이 모두 농가들이다.

위의 두 문장만으로도 독자는 용연 동네의 분위기를 쉽게 파악할 수 있다. 즉 '양기와집(정덕호 집)'을 중심으로 '면역소(면사무소)'와 현재의 경찰서인 '주재소'가 그 옆을 차지하는 것을 통해 공권력인 면역소와 주재소의 비호를 받으며 지주가 마을을 장악하고 있으며, 그 주위를 둘러싼 농가들은 '컴컴히 돌아앉은' 암울한 삶을 살아가고 있을 것임을 짐작하게 된다.

정덕호가 면장이 되면서 이런 유착 관계는 더욱 강화되는데, 마을 사람에게 막강한 영향력을 행사하는 지주에게 공식적으로 관리의 직함을 부여함으로써 지주의 협조를 얻어 식민 통치와 물자 수탈을 수월하게 하려는 일제의 의도가 드러난다.

그러나 이 소설의 앞부분에서는 이러한 계급적 갈등에 대한 주인공들의 명확한 인식과 그에 대한 해결의 전망이 존재하지 않는다. 정덕호의 집 하녀인 선비는 정덕호를 '아버지'로 여기고 따르며 그에게 정조를 유린당하고 농락당한 다음에도 경찰에 고발하거나 그에게 복수할 생각을 하지 못하고 자신이 스스로 고향을 떠나는 소극적 해결책을 택한다. 가난한 소작농인 첫째 역시 타작마당에서 지주의 부당한 횡포에 항의하지만, 그 일로 함께 고생을 하고 나온 다른 농민들의 지지를 받지 못하고 부치던 땅을 떼여 생존에 위협을 받게 되자 역시 일거리를 찾아 무작정 고향을 떠나는 길을 택한다.

다른 한편으로 이 작품은 전체적으로 일제 강점기의 당면한 시대 현실을 다루면서도, 식민지 백성으로서의 삶의 고통 및 계급 사이의 갈등이라는 문제를 '선비'라는 한 여성의 삶에 응축시켜 드러냈다는 점에서 성장 소설로서의 면모를 보인다. 전반부에서 선비는 지주에게 핍박받는 소작농이자 심부름꾼의 딸로 태어난 데다 어린 시절 부모를 잃고, 부모 대신 보호자로 의지하던 친구의 아버지에게 성적 대상으로 농락당하는 여성이라는 점에서 여러모로 나약한 인물로 그려진다. 그렇게 어린 시절부터 고난을 어쩔 수 없는 운명으로 순종하며 살던 선비가 생존을 위해 도시의 공장 노동자가 되어 살아가면서 서서히 유산 계급 문제나 노동 문제에 관하여 관심을 가지고 계급 투쟁의 전사로 각성해 나가는 점에서 성장 소설의 구조를 발견할 수 있다.

◆ 작품의 감상과 수용

상징적인 전설을 바탕으로 한 생생한 현실

이 작품에서 작가 강경애가 현실을 바라보고 문제를 인식하는 방식은 상당히 객관적이다. 작가는 선비나 첫째로 대표되는 무산계급의 삶의 애환을 결코 동정적이거나 연민 어린 시선으로 그려 내지 않는다. 이보다는 당시 계급, 성별에 의해 억압과 착취가 일어나는 사회 구조의 모순을 독자들이 정확하게 인식할 수 있도록 철저하게 사실적으로 그려 내고 있다. 작품 속 어느 부분에서도 선비나 첫째의 비극에 대해 과장되거나 미화하지 않고 담담하게 그려 내는 데에서 작가의 이러한 사실주의적 성향이 잘 드러난다. 그러면서도 작가는 이야기의 기본 틀을 처음부터 독자가 예상할 수 있도록 장치를 마련해 두고 있다.

앞에서 설명한 용연 마을에 대한 묘사 외에 작품의 분위기를 단적으로 드러내는 부분은 마을에 대대로 전해 내려오는 원소 전설에 관한 것이다. 원소 전설은 옛날 이 마을에 살던 인색한 부자인 장자 첨지가 무수한 악행을 하다가 마을 사람들에게 원망을 사서 결국 벌을 받아 죽었다는 내용이다. 그런데 현실은 장자 첨지처럼 인색한 지주인 정덕호 일가만 호의호식하고 다른 소작 농들은 궁핍에 시달리는 형편이다.

이러한 원소를 가진 그들이건만 웬일인지 해를 거듭할수록 나날이 궁핍과 고민만이 닥쳐왔다. 그래서 근년에는 그들의 먹는 것이란 밀죽과 도토리뿐이므로 흰밥이며 떡을 해다 파묻는 일도 드물었다.

즉 작가는 전설 속 이야기와 유사한 현실적 여건, 즉 지주 정덕호의 착취로 인해 마을 사람이 극도의 궁핍으로 고통 받는 상황을 전설을 빌려 명확하게 드러내 주고 있는 것이다.

한 가지 예로 마을에서 지주로서 소작인들에게 무소불위의 권력을 행사하는 정덕호에게 저항했다가 소작 부치던 논을 떼이고 장리쌀도 얻을 데가 없어서 굶어 죽게 생긴 첫째 가족의 곤궁함은 다음과 같이 생생하게 묘사된다.

"그랴, 그래서 너 누구 덕에 밥 먹고 큰 줄 아느냐. 이놈, 너도 지내봐라! 누가 잘못하고 싶어 잘못하는 줄 아느냐?

나도 배고파서 헐수할수없으니 그랬다! 너두 지내봐라!
어디 이놈!"

　첫째는 이 말에 귀가 번쩍 틔며 이상하게도 가슴이 찌
르르 울렸다. 그리고 나도 배가 고파서 헐수할수없으니 그
랬다, 너두 지내봐라! 하던 어머니의 말이, 살대와 같이 그
의 가슴폭을 선뜻 찌르는 듯하였다.

　첫째는 어릴 때부터 어머니가 동네 여러 남자들에게 웃음을 팔
고 몸을 파는 것을 못마땅하게 여기며 찾아오는 남자들에게 시
비를 걸고 어머니를 경멸하며 때리곤 했다. 그러던 아들 첫째가
정작 생계에 곤란을 겪게 되자 어머니가 하는 항변은 무서우리만
큼 비정한 현실을 생생하게 보여 준다. 즉 잘못(부정한 행실)을 저
지르고 싶어서 저지른 것이 아니라 어린 자식을 데리고 먹고 살
기 위해서 불가피하게 할 수밖에 없었다는 것이다. 어머니의 이런
말을 들은 첫째는 답답함을 느끼고 집을 나서지만 결국 그도 굶
주림을 견디다 못해 남의 집에서 쌀을 훔쳐 연명한다. 어머니의
말대로 '배고파서 헐수할수없으니' 법이 무서우면서도 법에 걸리
는 나쁜 행위를 할 수밖에 없는 상황이 되는 것이다. 이처럼 생존
자체를 위협하는 극도의 궁핍 앞에서 법이나 윤리를 말하는 것
자체가 한가하고 사치스러운 첫째는 결국 일자리를 찾아 가족을

고향에 놔둔 채 떠날 수밖에 없게 된다.

일제와 결탁한 지주의 횡포와 수탈

일제 강점기의 토지 약탈 이후 식민지 지주제가 강화되어 지주들
의 소유권은 더욱 강화된 반면 소작농들의 권한은 크게 약화된
다. 지주가 마음대로 소작농을 교체할 수 있었으므로, 소작농들
의 생존권이 위협받고, 자칫 지주에게 대들거나 반항하다가 미움
을 사기라도 하면 첫째처럼 소작을 부치던 땅을 다른 소작농에게
빼앗기게 되는 일이 다반사였다. 땅을 경작하려는 소작인은 많고
땅은 제한된 만큼만 가진 재화이기 때문에 지주들은 항상 소작
인들의 생사를 좌우할 수 있는 힘을 가진 셈이다.

　그러다보니 소작농들은 지주의 부당한 지시에도 그저 순종하
는 수밖에 없었고, 지주들은 이들을 상대로 장리벼 등 고리대금
업을 병행하여 큰 이익을 남겼다.《인간 문제》에도 이러한 양상이
일부 드러난다. 우선 소설의 앞부분에서 당장 끼니거리가 없어서
지주에게 조금씩 돈을 빌려 갔던 가난한 이에게 돈을 받아 오라
는 심부름을 갔다가 돈을 돌려받기는커녕 너무도 궁핍한 살림살
이를 보고 약간의 돈을 보태 주고 돌아온 선비의 아버지 김민수

는, 주인인 정덕호가 던진 산판에 머리를 맞고 부상이 악화되어 죽음에 이른다. 그러나 김민수의 죽음에 대해 정덕호는 책임을 지기는커녕 죄책감조차 느끼지 못하고, 김민수의 가족들도 정덕호에게 책임 추궁을 하지 못하는 상황을 보면 당시 지주들의 권력이 얼마나 무소불위였는지 짐작할 수 있다.

다른 장면은 소작인들에게 부실한 장리쌀을 빌려 준 정덕호가 타작마당에서 바로 빚 대신 나락의 상당 부분을 가로채 가는 장면이다. 이에 대한 소작인들의 분노가 결국 저항으로 이어지지만 결국 '구루마를 엎은' 첫째와 일에 가담한 다른 소작인들 모두 주재소 순사에게 잡혀가서 매를 잔뜩 맞고 구치소에 갇혀 혼이 난 후에야 풀려난다. 그들이 풀려나는 이유도 알고 보면 지주가 어서 탈곡을 해야 하기 때문에 일손이 부족하여 중재를 했기 때문이다. 그러나 소작인들은 결국 정덕호가 손을 써서 자신들이 풀려났다는 것을 알기에 정덕호에게 다시 저항할 엄두를 내지 못하고 공연히 첫째를 나무라며 원망한다.

일제 강점기의 지주들은 공권력과 결탁하여 무력으로 때로는 재력으로 없는 이들을 무자비하게 수탈하면서 재산을 늘려 나갔다. 정덕호는 급기야 면장이 되어 면의 공식적인 관리로서 행세하게 되어 용연 마을에 대한 그의 장악력은 더욱 굳건해진다. 그러다가 빚에 쫓긴 소작인 중 일부는 벼를 베기도 전에 몰수당하는

'입도 차압'과 같은 가혹한 처분을 받고 살 길을 찾지 못해 고향을 버리고 떠나게 된다.

작품 속 풍헌이라는 인물도 덕호의 빚을 갚지 못해 입도 차압을 당한 후, 남몰래 마을을 떠나고 마는데 1920년대 이후 이런 식으로 살던 고향을 버리고 간도나 연해주 지방 등으로 살 길을 찾아 이주하는 농민이 많았다. 이들 중 다수는 간도나 연해주에 가서도 중국인 지주에게 핍박과 멸시를 받으며 구차한 생활을 하거나, 딸이나 부인을 빼앗기거나, 서울, 인천과 같은 대도시로 가서 육체 노동을 해서 근근히 생계를 잇기도 하였다.